U0532016

Ismail Kadare

Prilli i thyer

破碎的四月

[阿尔巴尼亚]伊斯玛依尔·卡达莱 著
郑恩波 译

上海译文出版社

第一章

每当他感觉腿脚发冷时，就稍微活动活动双膝。这样，他便听到自己身子下边的小鹅卵石抱怨地发出喧哗声。真实的情况是他内心里发出抱怨。有生以来，他从未在大道边的一个土岗旁侧一动也不动地待过那么长的时间，等待某人从那里经过。

白天渐渐变得昏暗起来。他怯生生地，几乎有些惊慌的样子，将眼睛靠近枪杆，盯准瞄准星。稍过一会儿，天就要开始变黑了，瞄准星将会模糊不清。他父亲对他说："在天还未黑，还能看见枪的时候，那个人肯定要路过这里，你只需有耐心，等着人过来就是了。"

他慢慢地挪动枪筒，让瞄准星扫过路边上尚未完全融化掉的积雪。旁边远远近近的地方，是长着野石榴树的小树林。他的脑子里第一百次闪过这样一个念头：这是他有生以来不寻常的一天。长枪的瞄准星又从后面转动了一下，从野石榴树到尚未融化的雪堆全扫了一遍。他动心用脑称作不寻常的那个日子现在不是别的什么，只不过是这堆花花点点的积雪和这些野石榴树，他觉得好像它们从中午就等待在那里，要看看他将要干什么。

他想，再稍过一会儿天就黑了，我什么也分辨不清了。实情是他想叫傍晚尽早降临，在此之后就是黑夜，他就能跑掉，结束这个该诅咒的等待。可是，白昼拖延得很慢，他还需要等待。他要杀死的那个人，还是第一次等待的那个人。因此，虽然说这是他生命中第二次等待报仇雪恨①，但这一次却是第一次的继续。

他又感觉腿脚发冷，因此又活动活动双膝，好像是要阻挡寒冷向上身蔓延。尽管如此，寒冷还是早就蔓延到了他的腹部、胸部，直到头部。他甚至觉得寒冷把脑髓都冻结成块了，如同路旁那些雪堆一样。

他无法合乎逻辑地思考任何一件完整的事情。对那些野石榴树和污迹斑斑的雪堆，他只有一种敌对的感情，而且还不时地觉得，如果没有这些东西存在，他早就摒弃了埋伏的地方。然而它们就在那里，是不动的见证者，所以他走不了。

那天下午，那个应该死去的人第一百次出现在公路的拐弯处。他迈着小步朝前走，右肩膀上扛着枪，完全是黑色的枪筒立在脖子的右侧。埋伏者打了个寒噤：这可不再是他的想象，他等待的人真的来了。

正像其他数百次一样，焦尔古把枪筒指向正在走过来的人，将瞄准星对准了那个人的脑袋。刹那间，那个人的头部露出不太在乎

---

① 指阿尔巴尼亚（尤其是信奉天主教的地区）群众中流行的一种野蛮、残忍的旧习俗。一个人被村里人杀死了，这个人的弟兄一定要设法报复，杀死那个杀人者。这样就可能世代相传残杀下去，造成极大的灾难。二战结束后，在人民政权的年代，这一恶习受到一定遏制。

的样子，愿意也好，不愿意也罢，反正进入了视野，焦尔古甚至觉得这是最后的时刻了。他带着讽刺意味微微地笑了笑。六个月以前，他遇上了同样一件事，为了不让牺牲者的面孔变得丑陋（在最后一刻，他心里泛起这样一种遗憾之情），他压低了瞄准星。这就是他没能杀死那个人，只让他脖颈上受了点伤的原因。

那个等待被杀的人正在往近处走来。焦尔古祈祷般地想道：只是不要打伤他，第一次打伤他，他的亲人们费了好大劲才付清了治伤的惩罚金，如果第二次还只是打伤他，那就会叫他倾家荡产。如果是把他打死，就不用花费分文。

等着被杀的人距离更近了。他想，最好是子弹打空了，白放一枪，那也比把人打伤好。正如习俗要求的那样，像其他数百次想象的一般，焦尔古对走近的人说。不论是在那一刻，还是在此之后，他都搞不清楚。这话是否说出了声儿，或者说声音就没出来。真实的情况是，牺牲者突然转回头，焦尔古只看见那胳膊的一个简短的动作，看样子，他是要把枪从肩头上放下来。就在这时候，焦尔古开枪了。他立刻离开枪抬起双眼，几乎惊奇地观看发生了什么事情。死者（人还站着，但是，焦尔古确信他已经死了）向前迈了半步，枪掉在了一边，紧跟着枪落地之后，在与枪相反的方向，他自己也倒下了。

焦尔古离开了埋伏地，径直向死者走去。路上空无一人，只有他的脚步在路面上发出喧响。死者脸朝地倒在那里。焦尔古向他弯下身来，将手放在他的肩膀上，仿佛是要叫醒他。我这是在干什么？焦尔古在想。那手重新又摸了一下死者的肩膀，似乎是要对他说要他起死复生。为什么要干这个？焦尔古对自己说。顷刻间他明白了，自己向死者弯下腰来不是召唤他从死亡的梦中苏醒过来，而是要把尸首翻个个儿。不，他只是想把尸首翻个个儿，如同习俗所要求的那样去做。野生石榴树和未融化的雪堆还在前前后后挺立着，把每件事情都看在眼里。

焦尔古站起来，准备走开，但是，霎时间又想起来他还应该把枪也给倚在头旁边。

他好像做梦似的干了这一切。他感觉要呕吐，对自己说了两三次：我晕血了。然后过了一会儿，他便清醒过来，几乎是跑步沿着空旷荒芜的道路离开了。

黄昏降临了。他回头向身后看了两三次，连自己都不晓得是为什么。路上继续空无一人。道路在许多土岗和丛林中间，在正要结束的白昼之中向远方延伸。

他觉察到从前面的什么地方传来了骡铃声，骡铃声之后是人的声音。一群人沿着大道朝他走来。这些人时而像做客者，时而又像赶集归来的山民。他先迎面来到他们面前，比人们想的快得多。男人们中间还有年轻的新娘和孩子。

他们对他说："晚上好！"他停下脚步，站在大家面前。在未对他们说话之前，他先挥手做了个手势，指了指他来的那个方向。

"在那里，在大道拐弯的地方，我杀死了一个人。"他用一种几乎嘶哑的声音说道，"噢，你们这些好人，请把他的身子翻个个儿，把枪放在脑袋旁边。"

过路人中间现出短暂的沉寂。

"你晕血了吧？"一个人问道。

焦尔古没有回答。看得出来，那个问话的人是跟他说了一点医治晕血的办法，可是他没听。他又出发赶路了。现在，他既然对他们说了，要他们把死者翻个个儿，因此感觉自己多少还是轻松了一些。他怎么也记不得是否把尸首翻了个个儿。Kanun①事先估计到杀人的行为会引起震惊，所以允许杀人的人请求过路者做完他未做成的事情。假如让死者脸朝地趴着，枪离尸体远远的，那可是不可原谅的耻辱。

焦尔古进村时，天色还没有全黑，还是他的那个不寻常的白天。石楼②的门半开着，他用肩膀推开门，走了进去。

"嗯？"有人从屋里问。

他点头以示肯定。

"什么时候？"

"就是刚才。"

他听见从木楼梯上传来的脚步声。

"你手上有血。"父亲说，"去把手洗干净。"

焦尔古惊奇地看了看双手。

---

① 阿尔巴尼亚文，法典。历史上阿尔巴尼亚许多地方都有自己的法典。如《拉伯丽法典》、《杜卡吉尼法典》等。关于"报仇雪恨"的习俗，法典里有详细的规定和诠释。
② kulla，阿尔巴尼亚山区（特别是北方山区）的一种建筑，用白色石头筑成，楼层数量多少不等。通常第二三层住人，第一层是畜舍，最上一层是库房。这种石楼外表不太美观，但墙壁很厚、室内冬暖夏凉。窗户很小，从屋内向外射击很方便，但从外向楼里打枪却很困难。这种建筑与历史上阿尔巴尼亚频遭外敌侵犯有密切关系。

"显而易见,这血是我给他翻身时沾上的。"焦尔古说。

路上为给死者翻身而担心,这种担心是没用的,是枉费心思。只要父亲看看手,提醒他一切都是按规矩做的,那就足够了。

煮好的咖啡在石楼里飘散出香味。奇怪的是,他却感到了睡意,甚至接连打了两个呵欠。小妹妹倚着他的左肩膀,她那双明亮的眼睛显得看得很遥远,宛如小丘后边的两颗星星一样。

"这会儿?"他没对着任何人,突然说道。

"死人的事儿应该在村里通告一下。"他父亲回答说。只有这会儿他才注意到父亲正在穿山民鞋①。

他正在喝着妈妈为他烧好的咖啡,就在这时听到了从外面传来第一个人讲话的声音:"贝利沙家族的焦尔古向泽弗·克吕埃区奇开枪了。"

这个人讲话的腔调有点特别,既有点像报信员宣读政府命令,又有点像吟唱旧《圣经》的味道。

这非人的声音似乎把焦尔古从睡意蒙眬中唤醒了,让他清醒了一会儿。他觉得他的名字仿佛离开了他的躯体,离开了皮肤和胸腔,粗野地在外面游荡。这是他第一次碰上这样的事情。贝利沙家族的焦尔古对自己重复着无情的报信员的声音。他二十六岁,他的名字第一次进入了生命的深处。

在外面,死讯报信员们一个传一个地报告消息,好像把他的名字插在翅膀上四处传送。

---

① opinga,阿尔巴尼亚农民尤其是北方山民喜欢穿的一种用胶皮或牛羊皮缝制的鞋,虽然显得粗糙,但经久耐用,特别适合在劳动时穿,颇具民族特色。

半个小时以后，人们把死者的尸首带回到村里。遵照民俗，人们把尸首安放在四根山毛榉树枝上。还抱有那么点希望，死者也许还没有断气。

死者的父亲站在石楼门前。当送尸首的人离他家不到四十步远的时候，他向人们问道：

"你们给我带来了什么？一个受伤者还是死者？"

回答简短而果断：

"死者。"

他的舌头在口腔很深很深的地方咕嘟唾沫，尽管如此，终究还是挤出话来：

"把死者抬到里边去，把死人的事儿传给村里和我们的亲人们。"

牲畜的铃声正向布雷兹弗托赫特村传来，铃声、晚祷的钟声和黄昏时其他一切喧闹声好像把刚刚宣布的死讯都压在了自己的身上。

村子的大街小巷里呈现出不同寻常的欢腾景象，几堆篝火显得还挺冷清，因为灯光还没有完全亮起来，光焰在村边上摇曳着。人们在死者的家前进进出出。在杀人者的家前，情况也是如此。其他的人三个一群，两个一伙地来来往往，也不知他们去向何处或来自何处。

从一座座孤单的石楼窗户里，传出人们交流的最新消息：

"焦尔古·贝利沙杀死了泽弗·克吕埃区奇,您听说了吗?"

"贝利沙家的焦尔古以血洗血,为他哥哥报了仇。"

"贝利沙家的人将会请求二十四小时的诚信保证吗?"

"会的,肯定会。"

从石楼的窗户里很清楚地看得到村中街道上的活动。这会儿,天色已经全黑了。篝火处的火势变得越来越浓重,似乎都要凝固了。渐渐地,火的颜色变成了深红色,犹如刚刚从神秘的地壳深处喷发出来的火山岩浆一样。火花在周围四处飞溅,预示着很快就将发生流血事件。

瞧瞧,四个男人,其中还有一个老者,正在向死者家走来。

"调解人为贝利沙家的人请求二十四小时的诚信保证来了。"有人在一个窗户旁边说。

"人家会同意给这二十四小时的诚信保证吗?"

"肯定会同意。"

尽管如此,贝利沙家族所有的人还是采取了防卫措施。那儿,这里,到处都听到了这样的声音:穆拉什,快到家里来。岑尼,把门关上。普伦加在哪儿?

所有贝利沙家族的人家的房门都关上了,不论是近支儿的,还是远支儿的,家家都这么关门,因为人刚被杀死的时候是危险的,死者家没有做出任何恪守诚信的表示,克吕埃区奇家的人对于刚刚发生的流血之事还处于混沌未开的境域里,法典允许他们可以向贝利沙家族的任何人开枪报仇雪恨。

所有的人都在石楼窗户旁边等着四人组成的代表团从死者的家

里出来。"难道克吕埃区奇家的人能讲诚信吗？"女人们在远远近近的地方问道。

四个调解人终于出来了。谈判进行得很短促。从他们走路的姿态来看，人们什么也弄不明白。然而，过了片刻，一个人还是把消息传开了。

"克吕埃区奇家为诚信保证打开了道路。"

人们都明白这话说的是小的、二十四小时的诚信保证，而大的、三十天的诚信保证，暂时谁也没提，因为这个不是一个家庭所能提出的，而是一个村子要提出的事。除此之外，这个大的、三十天的诚信保证，只有在死者安葬之后才可以提出。

消息从一个石楼到另一个石楼飞快地传播着。

"克吕埃区奇家为诚信保证打开了道路。"

"克吕埃区奇家的人守信用。"

"太好了，至少二十四个小时之内不要再流血了。"从一扇窗户的后边有人小声嘶哑地说。

第二天中午举行了葬礼。职业哭丧者从远处来了。按着民俗，他们一边走，一边抓着脸庞，拽着头发。位于教堂旁边的古老墓地里挤满了穿着黑坎肩儿的乡亲。安葬了死者之后，一群身着黑衣的人向克吕埃区奇家的石楼走去。焦尔古也在他们中间。一开头，他不想去，可是，他父亲坚持要他这么做。他父亲对他说："你应当去参加葬礼，甚至还应该去出席中午丧餐会，法典是这样要求的。"焦尔古说："可我是杀了人的人，我打死了他，为什么还应当去那儿?""正因为你杀了人,才应该去。"他父亲打断他的话。接着,他父亲又说:"今天谁都可以不参加葬礼,或者不出席中午丧餐会,但是,唯独你不能缺席。""为什么?为什么应当去干这个事儿?"焦尔古最后一次反驳说。他父亲瞪大眼睛看了他一下,焦尔古不再吭声了。

　　现在,他脸色苍白,跟跟跄跄地走在乡亲们中间,觉察到了人们从旁边向他投来的目光。那只是朝他扫了一眼,然后就消失在前头的雾霭中。他们当中的多数人是来自死者家族的成员。有谁晓得他对自己哀叹了多少次:我为什么应当到这儿!

　　他们的眼神没有恨意,冷冰冰的。宛如三月的天气一样,也好像一天以前他埋伏在土丘旁边时心境那么冷落,没有恨意。现在,刚挖出的坟坑,石制和木制十字架（它们当中的多数都歪歪扭扭地倒在一边）,钟声发出的悲哀的音响——这一切那一天都直接地与他联系在一起。职业哭丧者脸上留着他们用指甲划出的可怕的伤痕（上帝啊,二十四个小时之内什么时候长出了那么长的指甲?他心里琢磨着）,凶残地拔下来的头发,流着泪水的眼睛,从四周把他包围起来的闷声闷气的脚步——这一整套死亡的建构,都是他筑就的。而且似乎这还不够,他还被迫慢慢地、悲痛地行进在这一建构中,如同他们一样。

　　他们穿的用粗糙的黑呢子制的高筒袜①上边带有很多细金丝线,这些金丝线紧挨着焦尔古高筒袜子上的金丝线;这些线犹如头

---

① tirk,阿尔巴尼亚农民用粗呢子制的一种高筒长袜,但不带袜底,一般只到膝盖上面,也有的到脚脖处。为了美观,农民们还常常在袜子上面绣金丝线。

上带毒的黑蛇一样，几乎要厮咬相互攻击。人们走路的时候，它们差点儿就咬在一起了。然而，他却非常平静，他受二十四个小时的诚信保护，这要比石楼或城堡窥孔①的保护安全得多。他们的枪筒直冲着黑黑的衣服，但这会儿他们无理朝他开枪。明天、后天……也许有可能。不过，假如村里为他请求三十天的诚信保证，那么他就可以安稳地活上四个星期。然后嘛……

在前面几步远的地方，一支毛瑟枪的枪筒时不时地晃动着，仿佛是要在其他枪中显得突出似的。左边是一支短的哑枪筒。其他的枪筒簇拥在周围。哪支枪筒将要……在他的意识里讲着这样的话："有人将要杀死我。"在最后的时刻，似乎为了稍微轻松一下，这句话变成了另一说法："有人将要像解线团一样把我拉长，结果我的生命。"

从墓地到死者家里的路仿佛没完没了走不完。前边还有一顿丧日午餐，在那儿，一个更艰险的考验正等着他。他要同死者家族的人一起坐在餐桌旁，他们要把面包、菜肴、刀和叉子放到他面前，他还应该跟人家一起去吃。

他的脑子里两三次闪过摆脱这一毫无意义的境域，跑步离开这伙乡民的念头，让他们咒骂他、讥讽他，甚至，假如他们愿意，就让他们从背后朝他开枪吧，只要能离开就行，离开就行。可是他知道，他永远也无法离开，如同一天前他没离开埋伏地点脱离那里一样，就像他的祖父、曾祖父、先祖五十年、五百年、一千年以前死

---

① frëngji，石楼或城堡墙壁上的窥孔。很小，可以准确地从里向外射击，但外面的人却无法从外向里射击。

死地等待在埋伏地点,不走开一样。

瞧,死者家的石楼正在靠近。在门的横梁石上面窄窄的窗户上挂着几块粗糙的黑呢布①。噢,我钻到哪里去哟,他对自己叫苦。虽然矮矮的房门的横梁石离他还有一百步远,但他却提前低下头,为了不撞在门上方的拱石上。

午间的丧餐按规矩举行。在全部时间里,焦尔古一直在考虑他的丧餐事。他们当中哪个人将到那里去,就像他今天到这里这样,也像他爸爸、祖父、先祖在人类世世代代千百年当中去到那里那样。

职业哭丧者的脸上还残留着伤痕和血迹。民俗要求他们既不能在发生杀戮的村子里,也不能在路上洗脸。脸只能回到他们的村子里洗。

他们脸上和额头上带着那些伤痕,犹如戴上了一张张面具。焦尔古心里琢磨着,哭丧者的脸抓成伤痕累累、血迹斑斑之后,他的家族里的人将会是什么样子。现在,他觉得他们一辈人的整个生命不是别的,只是无休止的丧餐。一次这一方到另一方那里出席丧餐,下一次另一方再到这一方。每一方出发到对方那里就餐之前,都给面庞戴上血淋淋的面具。

下午,丧餐结束后,人们又异乎寻常地进进出出活动起来。几小时过后,对于焦尔古·贝利沙来说,小小的二十四小时的诚信保

---

① 在房屋窗户上挂黑呢布是阿尔巴尼亚北方山民悼念死者的习俗。

证就要结束了。就在这个时候，村里上了年岁的头头脑脑们，根据习俗规定的全部规矩，做好准备要到克吕埃区奇家的石楼里，以全村的名义，为焦尔古请求大的、为期三十天的诚信保证。

坐在石楼的门槛上，在女人们住的第二层楼里和村中的广场上，人们只交谈着这件事情。这是这个春天发生的符合全部规矩的第一起杀人流血、报仇雪恨的事件，因此，人们把一切细致入微的交谈都与此事联系在一起，便是很自然的事情。这是一次按全部规矩进行的杀戮流血事件。安葬和丧餐以及二十四小时、小的诚信保证，以及另外其他一切事情，都是遵照古老的法典进行的，因此，年长的头头脑脑们准备到克吕埃区奇家人那里请求三十天诚信保证一事，一定会办成。

就在这时候，这一切交谈正进行着，等待着与三十天诚信保证有关系的最新消息，人们回忆起古时候和现在在他们村里和周围地区，甚至在遥远的地方，一直到广阔无垠的高原发生的践踏法典规则的事件和时刻。他们回忆起法典的践踏者以及对他们粗野的惩罚，回忆起受到他们自家惩罚的特殊的人，村里受惩罚的所有家庭，甚至受到另外一些村子或旗①的惩罚的发了疯的全部村子。可是，那好啊，人们稍微轻松地感叹道。在他们村里已经有些时候没发生过这种耻辱的事了。一切都是按老规矩办的，很久以来，任何人都没有犯浑打破这些规矩。最后这次流血也是按习俗发生的。贝利沙家族的焦尔古这个杀人的人，虽然是个年纪轻轻的小伙子，但

---

① 二战之前阿尔巴尼亚山区划分的行政单位的名称。

自制力不错，无论是在安葬他的敌手的过程中，还是在丧餐桌上，他都把自己控制得好好的。克吕埃区奇家的人肯定讲诚信，给他三十天的生命安全。特别要指出的是，这种诚信保证，村子里可以制定它，也可以取消它，如果杀人的人利用这短暂的有利时机，头脑犯浑在村中四处游逛，炫耀杀人的本事。不，贝利沙家的焦尔古不是这种人。恰恰相反，关于他人们经常说，他非常内向，善于沉思。任何人都可能犯浑，干出发疯的蠢事，但是，焦尔古无论如何也不会这么干。

下午晚些时候，在小诚信保证的期限结束之前，克吕埃区奇家的人给了大诚信保证。到过克吕埃区奇家的一位村中老者，来到贝利沙家的石楼，通知了人家给了三十天诚信保证的事情，借此机会重复了必要的劝告，说焦尔古不应该滥用这一诚信保证等等。

这位年长的代表走了以后，焦尔古仿佛一个冻僵的人一动不动地坐在石楼的一个角落里。他还有三十天无危险的日子可以过。在此之后，死亡将从四面八方的埋伏中威胁他的生命。犹如蝙蝠一样，他惧怕太阳、满月和篝火，只能在黑暗中活动。

三十天，焦尔古自言自语道。在大道的高岗处开枪射击，突然间将他的生命分成了两部分：一部分是截至现在为止的二十六岁；另一部分是三十天，即从今天三月十七日开始到四月十七日结束。再往前就是蝙蝠过的日子，现在他就不把这种生活算作生命了。

焦尔古用眼角斜视了一下窄窄的窗户外边呈现出的一道风景。窗外是一种三月里乍暖还寒的景象，闪耀着它所独有的危险的阿尔卑斯①之光。然后四月将要来临，说得准确些，是四月的前半月。焦尔古感觉左胸部空空无力。现在，四月就染上了一种蓝色的疼痛……啊！他多多少少地感觉到，四月总是那个样子，四月是一个某种东西不完备的月份。正如歌儿所唱的，四月是爱情的月份。四月是他未过完的月份。不过，这样做更好，他在思忖着。他自己都不晓得，这样做更好究竟是做了什么事，是他为弟兄报了仇，还是报仇雪恨的时节。

从人家给他三十天诚信保证的许诺到这会儿，时间只有半小时，他似乎已经习惯于将他的生命分作两部分的理念。甚至他现在觉得他的生命原来就总是那样：它已经被分成了两部分。一部分时间很长，二十六年，时光缓慢，让人感到乏味无聊。共有二十六个三月和四月，同样还有这么多的冬天和夏天。而另一部分时间却很短，四个星期，犹如雪崩一般凶猛、迅捷，只有半个三月和半个四月，就像两根折断的挂满闪烁着银光的寒霜的树枝一样。

在给他留下的三十天里，他将要做点啥呢？在大的诚信保证期里，人们通常是加快干完在另一部分生命的时间里未能干完的事情。如果没有给他们留下什么大的活计去做，那就去干些普通的活儿。假如是播种的季节，那就尽快把种地的活儿干完；如果是收割的时节，那就去捆庄稼。如果既不播种，也不收割庄稼，那就去干些更平常的例如修理房顶的活儿。如果这也没有必要，那就干脆到山上走一走，逛一逛，再观看一次鸟儿的飞翔，或十月里下的第一

---

① 阿尔巴尼亚北部的群山是阿尔卑斯山脉的一部分。

场霜。尚未结婚的人通常在这个时候结婚，可是，焦尔古不会结婚，他的未婚妻住在很远的旗里，他从来就没见过她，她是个病秧子，一年前死了，他再也没有订婚。

焦尔古目不转睛地凝视着外边雾中那道模糊不清的风景，盘算着在剩下的三十天里将要干什么。一会儿，他觉得三十天挺少，非常少，一刹那的工夫，在这个时间里，什么事情也干不成。可是，几分钟以后，他又觉得这三十天非常可怕，日子显得很长，而且完全不需要。

三月十七日，他喃喃自语。三月二十一日，三月二十八日，四月四日，四月十一日，四月十七日、十八日……四月死亡的月份。就这么按顺序逐次地念叨着：四月死亡月，四月死亡月。任何一个五月也没有了，永远也没有五月了。

他微微地搐动着牙齿，不出声地念叨着各个日期，时而四月份的日子，时而三月份的日子，与此同时，他听到了从楼上传来的脚步声。父亲手里拿着一个打了蜡的布制小钱袋。

"焦尔古，这是你要付出的血税，五百格罗什[①]。"父亲对他说道，将钱袋递给了他。

焦尔古瞪大了双眼，望着父亲，把双手藏在背后，好像要尽量远远地躲开那个可恶的钱袋。

"什么？"焦尔古说，声音小得很难听出来，"为什么？"

---

① 格罗什是土耳其的货币单位，一百个格罗什相当于一个里拉。土耳其统治阿尔巴尼亚的年代，在阿尔巴尼亚曾流通过，一个格罗什相当于四十个阿尔巴尼亚巴拉。

父亲有点吃惊地看着他。

"干吗问为什么？你忘了要交血税吗？"

"噢。"焦尔古稍微有点轻松地说，"噢，是的。"

在他面前，钱袋还是受尊敬的，因此用双手接住了它。

"后天你应当出发到奥罗什石楼去。"父亲接着说，"到那儿你得走一天的路。"

到任何地方焦尔古都毫无兴趣。

"这事儿不能等等吗，爸爸？需要马上就付钱吗？"

"是需要马上付钱，这事儿不能等。血税应当在流血之后立刻交付。"

钱袋现在在焦尔古的右手里，它很沉，是一个星期接着一个星期，一个月接着一个月，整个一年四季一点一滴地积攒起来的，留着报仇雪恨的时候使用。

"后天。"父亲又重复说道，"到奥罗什石楼那里去。"

父亲走到窗户旁边，聚精会神地凝视着窗户外边一点什么东西，一束令人感到轻松的光立刻聚集到他的眼角旁边。

"到这儿来。"父亲以一种温和的语气对儿子说道。

焦尔古走了过去。

在外边，在石楼的院子里晾晒衣服的铁丝上，挂着一件单独的受人尊敬的衬衫。

"你哥哥的衬衫。"父亲小声地说道，声音勉强听得出来，"是默希利的衬衫。"

焦尔古的眼睛一直盯着那件衬衫。那是一件白衬衫，在铁丝上随风轻轻飘动，愉快地跳着舞，显出一副欣喜若狂的样子。

哥哥倒霉被害那天，就穿的这件衬衫。从被杀死的那一天算起，过去了一年半时间，现在，母亲终于把衬衫洗了。如同法典所要求的那样，在连续一年半的时间里，它就像原来一样，一直带着血迹挂在石楼的上面一层，只有等到报仇雪恨的时候，才把血污洗掉。人们说，衬衫上面的血污开始变黄时，那肯定是个信号，说明被害者因为没能复仇而不得安宁。衬衫是一张准确无误的晴雨表，显示是否误了复仇的时间，死者通过它从地下深处他躺着的地方向人们传递信号。

有多少次，焦尔古在孤寂的时刻，就登到上边那层楼看看衬衫，血迹在变色，变得越来越黄。这说明死者没有得到安宁。有多少次，焦尔古在梦里看到这件衬衫泡在水和肥皂沫当中洗涤，变白了，像春天的天空那样闪烁着光亮。可是，早晨的时候，它还是在原来的地方，沾满了干枯的微红的血污。

可是，现在衬衫终于在铁丝上晃悠起来，好像喝醉了似的。然而，奇怪的是，这并没有让焦尔古感到有什么轻松。

与此同时，宛如一面旧的旗帜降落下来又升起一面新的旗帜那样，在克吕埃区奇家族石楼的顶层，又挂起了刚刚被杀害的人的带血污的衬衫。

寒冷的季节，炎热的季节，都会对干后的血的颜色产生影响，同样，衬衫布料的种类也会对其有所影响。但是，任何人都不想了解这种事情，而且也不会把这一切变化当回事，只是将其当成神秘的任何人都不能反对的贺信。

第二章

焦尔古在高原上已经走了好几个小时，虽然如此，但是，还没有任何迹象表明奥罗什的石楼就在附近。

在蒙蒙的牛毛细雨下面，那一片片无名字或者有名字但焦尔古并不知道的荒地，一片接一片光秃秃地痛苦不堪地袒露出来。在荒地后面，勉强看得出是一片山岭显露出来，放雾天就是那样。他甚至还要相信，在它们披着的轻纱下面，像海市蜃楼里的景象那样，更多的是苍白地现出一座单独的放大了好多倍的大山，而不是一片真实的一条比一条大的山脉。雾将它们变得虚无缥缈。可是，奇怪的是，它们那个样子反倒比天气好时峭壁和悬崖显得清晰可见的时候更具有威慑力。

路上的石子儿在焦尔古穿的山民鞋的底子下面，发出令人耳聋的响声。道路两边村庄很少，至于区镇定居点或小旅店就更少了。不过，即使有再多的定居点或小旅店，焦尔古也不想在任何地方停留，天黑之前他一定要赶到奥罗什的石楼，哪怕晚上很晚到达，也要那样做，只有这样，他才能在第二天返回自己的村里。

这条路的大部分地段，几乎都很荒凉，雾中断断续续地出现一些如同焦尔古一样孤寂的山民，他们在奔向什么地方，从远处看，有如任何东西一样，显得平平常常，没人知道他们，一个个显得虚无缥缈。

定居点像道路一样静默不语，散落在四处零零星星的人家，连同从起脊的房屋顶上卷起的傻呵呵的炊烟耸立而起。一栋石楼，一处草房，随便别的什么，只要有生火的地方冒出烟来，就都叫做人家。他自己都不明白，法典中关于人家的定义，为什么在脑子里重复地出现，还是在孩提时，他就知道了这个定义。不喊一声儿和没有谁回应，是不能进入宅门的……"可我不想敲门，走进什么地方。"他悲伤地自言自语道。

雨还在不停地下，在路上，他第三次碰上列成一队，一个跟着一个朝前走的山民，他们每人的肩上都背着一袋子玉米。在袋袋玉米的重压下，他们的腰都超常地弯曲着。也许是玉米遭雨淋变重了的缘故，他想道。他还想起有一次冒雨从区里的粮库往村里运送玉米的往事。

身负重载的山民们落在了后边，他又变成孤单单的一个人走在大路中间。路的两边时而清晰可见，时而模糊不清。雨水和泥土的陷落、流失，把大道的一些路段变窄了。"道路应该像旗杆那么宽。"他第二次自言自语地说。顷刻间，他懂得了还有时间，尽管他不愿意，但还是想起法典给道路下的定义。"道路是供人和牲畜行走用的，活人在路上行走，死人也在路上行走。"

他对自己微微地笑了，不管他如何努力，但总逃不脱法典上那些定义。他欺骗自己是没用的人。他要比看上去的样子强有力得多。到处都有他的足迹和身影，在土地里和地边上摸爬滚打，钻到房舍的地基下面劳作，跑墓地、教堂，逛马路、市场，出席婚礼，攀登阿尔卑斯山上的牧场，甚至爬得更高，直到独自一人爬上高高的天空。为了填充水道，水从那里像下雨的样子流下来。三分之一杀人流血的事儿，就是因为这些原因发生的。

一开始，焦尔古弄清楚他应该去杀一个人的时候，脑子里反复想过法典中关于杀人流血那一部分内容的全部规则。"我不能忘记在开枪之前告诉他。"他多次说，"这是第一件主要的事情。我不要忘记把他的身体翻个个儿，并且把他的武器放在头旁边。这是第二件主要的事情。其他的事情都平常，非常平常。"

然而，报仇雪恨的规则只是法典的一小部分内容，仅仅是它的序而已。一周接着一周、一月接着一月地过去了，焦尔古弄懂了，它的非流血部分是与流血部分难解难分地联系在一起的。任何人也不真正知道它们之间的界线，一部分在哪里结束，另一部分在哪里开始。一切是以这样的形式建构的：它们互相派生，无瑕生出血腥，血腥生出无瑕，总是如此，时时相继，代代相传。

焦尔古老远看见一支马队，马背上都坐着人，稍微靠近一点，他从人们当中认出了新娘，他明白了，这些人是结婚者的亲戚。所有的人都被雨淋湿了，个个都累得疲惫不堪，在那种行进中，只有马的铃铛发出欢快的响声。

焦尔古在一旁尽力给马队让出道来，亲戚们都像他一样，一律将枪口冲下，免得它们被雨水淋湿。与此同时，他睁大眼睛，盯着那些五颜六色的包裹,在这些包裹里,肯定放有新娘的嫁妆。他在琢磨,在它们的哪个犄角里,哪个盒子里、哪个衣兜里,在什么样的绣花背心当中,被姑娘的父母放进了"嫁妆子弹"。根据法典的说法,假如新娘妄图叛离新郎,新郎有权杀死她。这一想法勾起他对他的未婚妻的回忆。因为未婚妻长期患病,所以他没和她结成婚。每当看见去参加婚礼的新娘家人时,他就要想起她,以往这种事儿不知有多少次了。然而,这一次却完全不同,奇怪得很,这次除了有一种悲痛之感以外,还有一种安慰之情:如此情况也许更好些。作为姑娘,她第一个到了那里,过些时候,他也是要到那里去的。在那里,她要成为一个寡妇,长期过着愁苦寂寞的生活。至于说"嫁妆子弹",那是每家父母都觉得有义务送给新郎的,以便能比较容易地杀死新娘。那颗子弹,他肯定会在新婚第一夜把它抛到深渊里的。也许他现在觉得是这样的:她不在人世了,要杀死某人的想法不存在了,就像同一个影子结婚的可能性是那么遥不可及一样。

新娘的亲戚们已经从刚才的景象中消失了,因为同他们在一起的心思早已结束了。这会儿,他又稍微想象了一下:根据法典确定的全部规则,这些亲戚是如何在其首领的率领下在路上行进的。唯有一点不同,那就是新娘的位置被自己原来的蒙着面纱的未婚妻给取而代之了。法典说,结婚的日子,永远都不能推迟,即使新娘奄奄一息,亲戚们也要去,也要把她连拖带拉送到新郎的家里。在他的未婚妻患病期间,在他们的石楼里谈论婚礼的日期一天天靠近的时刻,焦尔古听到过反反复复说的这些话。纵然是家里有死人,也不能阻挡亲戚们行进,死人在家里,亲戚们还是要出发。新娘走进家,死人抬出家,那边是嚎啕大哭,这边是歌声一片。

所有这些强制性地记在脑子里的事情,把他弄得挺累,有长长的一段路他尽力让自己任何事情都不去想。路的两边是长长的荒地,然后又是叫不出名字、到处都是小石头的山坡地。右边的一个地方,现出一个靠水工作的磨坊。稍远一点有一群山羊、一座教堂,教堂旁边是一片墓地。他连头都不回一下从它们旁边走过,但是,这也帮不了他的忙,让他不去想法典中那些与磨坊、山羊群、教堂和墓地相关的部分。神父不参与复仇杀人流血之事。一个家族兄弟们的坟墓不能让外人进入。

他想对自己说"够了",可是,没有那个勇气。他低下头,继续迈着原来的步子朝前走去。在远处,可以看见一家客栈的屋顶,再远一点的地方,耸起了一所女修道院。然后,又是一群山羊,再远一点儿,升起袅袅的炊烟,也许那是一个定居点。对于所有这一切,都由千百年古老的章程规则来掌控。谁也进入不到这些规则里,任何人、任何时候也逃脱不了它们的束缚。"虽然……神父是不参与复仇杀人流血的事情的。"他重复地对自己说法典中最熟悉的一句话。他一边沿着这段路朝前面走,一边想着心事。从路上可以更好地看到女修道院的房舍。他想只要自己是个神父,就可以不和法典发生关系,同时还能同修女们混在一起。人们说,修女们同年轻的神父之间有关系,他想,假如自己是个神父,也可以混入这种关系里,还有可能在他自己和一个修女之间建立联系。可是,刹那间他脑子里又闪过一个念头:那些修女都剃了头发,因此,在想象中一切都破灭了,他打消了这个念头。他想,只要他成为一个神父,就能不掺和到法典中去,虽然如此,神父还是要掺和法典中其他一些条款的。真实的情况是,他只是与法典中复仇杀人流血的内容无关。

有一会儿,他觉得自己被冻结在法典中有关复仇杀人流血的那一部分内容里了。真的,这一部分是法典的核心。如此说来,说整个世界都被法典的锁链锁着这一安慰话是无用的。真实的情况原来是:不仅神父,而且一大部分人都是处于法典的复仇杀人流血那一部分内容之外的。这一点在其他某种场合他也考虑过。世界已经分成了两部分:相互复仇杀人流血的一部分和处于复仇杀人流血之外的一部分。

处于复仇杀人流血之外……想到这一点,他几乎要发出一声长叹。在那些家庭里,生活是一种什么样子?早晨人们怎样从睡梦中醒来?晚上又怎么躺下去就寝?无论怎么说,他都觉得这是难以置信的,是那么遥不可及,就像鸟儿的生活一样。虽然这么说,这样的人家还是有的。说到底,七十年前,一直到第二个秋天阴愁的晚上,一个人敲了他家的门之前,他的家就是如此。

焦尔古的爸爸告诉过他关于他们家族与克吕埃区奇家族仇敌关系的历史,爸爸又是从他爸爸那里听到的。这是一部记载两个家族双方各二十二座坟墓总共四十四座坟墓的历史,其中有死者死前简短的谈话,不过,沉默要比谈话多得多,只是呜咽,沉重得讲不出最后遗言的死亡的喊叫声;一位民间歌手的三首歌,其中的一首后来自生自灭不见踪影了;一个被错杀的女人的坟墓,她被错杀已经按照全部规则得到了赔偿；双方的男人被关进上了锁的石楼；为和解流血之事而努力，但在最后时刻遭到失败的一次抗争；婚礼上的一次杀戮；对短期休战和长期休战的承诺；为丧事准备的午餐；"贝利沙家的某某人开枪打死克吕埃区奇家的谁谁"的呼喊；或者从另一方面说，有火把、走街串巷等内容。就这样，按部就班一直说到三月十七日的下午，下面就轮到焦尔古来跳那种可怕的舞蹈了。

　　这所有的事情，都是从七十年前，那个冷飕飕的十月的夜晚，一个人在他们家的石楼敲门开始的。"那个人是谁？"焦尔古小的时候，当他头一回听到那一次敲门的历史的时候，这样问道。当时和后来在他们家的石楼里，这一问题曾被问过许多次，但任何人也回答不了，因为任何人、任何时候都没听说过那个人是谁，甚至焦尔古现在有时也不相信曾经有一个人真的敲过他家的门。说那是一个幽灵、命运本身敲的门，要比说是一个陌生的远行者所为，倒更容易让他相信。

　　那个人敲过门之后，在门外说话了，请求借宿过夜。房主人，焦尔古的祖父给陌生人开了门，把他请到屋里。全家人按照习俗款待了他，给他吃的，安排他睡觉，而且第二天早晨又早早地行动起来，照样按照习俗办事，家中的一个人，就是祖父的弟弟，把陌生的客人送到村边。在那里，他刚刚与客人分手，就听见一声枪响，陌生人被打死，倒在了地上。他被打死在村边的三岔口处。根据习俗，你如果陪送朋友，朋友被杀死在你的眼前，他的血溅在你身上；如果你陪送他，朋友被打死的一刹那，你转过了身，溅上了血，那是一回事。但是陪送人在朋友被打死之前，早已转过身，被打死的人也没倒在他身上，这又是一回事。然而，任何人也没看见这一幕。当时是大清早，周围没有任何人，谁也不能证明，当客人被击中时，陪送人早已转过了身。尽管如此，还是要相信他的话，因为法典信任人讲的话，相信陪送人和朋友分手了，而且陌生人被打死的时候，他早已把身子转过去了，似乎在这一点上不会出现一种障碍。障碍是死者尸体的朝向。当时立刻成立了一个调查小组，为的是判定为陌生的过路借宿的人复仇的重任是否要由贝利沙家来承担。调查小组对一切事情都做了详细的分析，最后得出结论：复仇的重任由贝利沙家的人承担。理由是：陌生人是脸朝下，冲着村子倒下的。遵照法典，贝利沙家给他提供吃喝，留他过夜，因此有义务保护陌生人，直至他离开村边的三岔口。

贝利沙家族的男人们从争吵中挣脱出来，默不作声、脸色忧郁地回来了。争吵中围绕着尸体兜了好几个小时的圈子。在石楼旁边等待的女人们什么都明白了。她们的脸色变得蜡黄，她们听到了他们简短的谈话，就变得更黄了。不过，从她们嘴里没有说出任何一句诅咒给他们的石楼带来了死亡的陌生客人的话。因为朋友是神圣的，遵照法典，山民的家在成为家人的家之前，首先应该是神的家，是朋友的家。

就在十月的那一天，人们都知道了是谁向陌生的行路人开了枪。是贾克西①。他是克吕埃区奇家族的一个年轻的小伙子，他跟

---

① Gjakës，阿尔巴尼亚文，杀人者，作者用这个词给人物起名字，别有一番意味。

踪那个他要杀死的牺牲品已经有些时间了，因为在一个咖啡馆里，此人当着一个陌生的女人的面说了一番羞辱他的话。

于是，就在十月的那一天结束的时候，贝利沙家族便和克吕埃区奇家族恼羞为敌了。直到这时候还过着平静日子的贝利沙家族，终于投入到家族复仇流血的巨大机制之中了。到现在为止有了四十四座坟墓，而且有谁晓得前面还有多少座呢。所有这一切毫无意义的事情的发生，都是因为那个秋夜的那次敲门声。

有很多次，在孤寂的时候，脑子能比较随便地考虑问题了，焦尔古便用心去想，假如那个晚上借宿人不去敲他们家石楼的门，而是敲稍远一点的邻居家的门，那样的话，他们家族的生活将如何呢？噢，那样的话，那样的话（在这一点上，焦尔古觉得传说是多么的真实），从四十四座坟墓中将有四十四块重重的石板活动起来，四十四个死人也将挺身而起，抖落掉脸上的泥土，重新回到活人中间。跟他们一起来到人间的还有当初没来得及出生的孩子，接着还有孩子们的小不点儿，就这样依次类推下去，一切都将是另一个样子。如果那个陌生人不是恰好在他们家门前停下来，而是停在略远一点的地方，这一切都会发生的。略远一点的地方……然而，他就是恰好停在了那里，任何人也挪动不了他，就像谁也改变不了牺牲者的尸体倒下去的方向一样，也如同永远也改变不了古老的法典的规则一样。没有那一次的敲门声，一切都会那样不同，以至于有时候他都害怕去想，甚至他一边说也许正应该如此，一边让自己平静一下，因为除了复仇流血的搅和之外，生活也许真的会较为平静，可是，有谁晓得，正是因为这个，它才叫人更加烦恼，没有意义。他努力去想象那些与复仇流血无关的人家,没有在这些人家中找到什么特别幸福的标志。他甚至觉得,那些远离复仇流血这一危险的人家,似乎不晓得生命的价值,生活得反倒更差些。而在有血流进去的人家里,每天、每季都有另外一种生活秩序,一种内心的战栗。人们好像显得更加英俊,姑娘们更爱她们的男人。那两个刚刚从他身边走过去的修女,看见他右边衣袖上缝的黑色丝条,顿时颇为惊奇地看了看他,因为那个黑色丝条显示他曾是一个寻找或付出过血液的人,那就是说他在寻找机会杀人或者等着被别人杀死。但是,这个并不重要,发生在他身上的事情才是重要的,在那儿发生的事情是美好的,同时又是可怕的。他自己都不知道怎么说,在那儿究竟发生了什么事情。他感觉他的心脏从肋骨里面被掏出来了,伸展开四肢,彻底地躺下了,每件事情都容易叫他受到伤害,高兴和悲伤就更是容易发生的事了。因为一件小事或大事,不管是这只蝴蝶、树叶、无边的雪,还是像今天这样的令人发愁的雨水,都会引起他感情的波动,自尊心受到伤害,内心纠结痛苦。洋洋得意显得很幸福,露出可怜巴巴的样子。这一切都直接落在他身上,整个天空变得空空荡荡,那颗心承受着这一切,甚至它能承受得更多。

　　他已经连续不停地走了几个小时,除了膝盖有点发麻,并不觉得累。雨还在继续下,但是,雨点儿零星多了,好像有人拔掉了云层的根子。焦尔古断定他已经走出了他家所在的地区,行进在别的地区了。眼前出现的几乎还是那种景象:群山层峦叠嶂,看上去让人惊奇得目瞪口呆，山野中间一些村落住的好像是一些哑人。一个山民小伙迎面朝他走来。他询问到奥罗什的石楼是否还有很远的路，他走的路是否正对着那里。他们告诉他，他走的路是对的，但是，如果他想在天黑之前赶到那里，就应该迈开脚步快些走。他们跟他说着话，斜眼看着他衣袖上的黑丝带，看得出来，因为这个黑丝带，他们又跟他重复说了一次，他应该迈开脚步快些走。

"我要快走，要快走。"焦尔古带着一点恶狠狠的情绪对自己说。"不用担心，天黑之前我会及时赶到那里交税的。"连他自己也弄不明白，为什么会这样，是因为突如其来的怒气，还是很简单，为了把陌生的行路者的嘱告付诸行动。他真的加快了脚步。

现在，他完全是单独一人孤零零地走在路上，走在一片窄窄的被一些山涧冲刷得沟壑遍地的高山平原上，有谁晓得为什么会是这样，这些沟壑即使在那样的下雨天也复活不了了。周围的一切都荒芜了，种不了庄稼了。他觉得听到了从远处传来轰轰隆隆的响声，于是抬起头来，向天上望了望，发现有一架飞机单独在云彩中间飞行。这是非常美妙的一瞬，他放眼跟踪飞机的飞行。他曾听说，每周都有一个架次客机在临近地区的上空飞过，把地拉那[①]与远方的一个国家连结在一起，但是，他从来没有看见过。

当飞机在云彩中间消失了的时候，焦尔古觉得脖子疼，只有这时他才明白，自己跟踪飞机的时间有点长了。飞机把一片空旷的天空甩在了自己的后头。焦尔古下意识地叹了口气，突然觉得饿了。

---

① Tirana，阿尔巴尼亚的首都。

他放眼环顾四周，寻找一截树桩或者随便一块石头，以便坐下来吃块面包和奶酪；这是他带在身上，准备在路上吃的，可是，路两边只有荒地和山涧的遗迹，没有任何别的东西。我再往前走一点，他对自己说。

真的没错，半小时后，他看见了远处一家小客栈的屋顶。他几乎是跑着向前赶路，一直跑到小客栈门口。在门前稍微站了一会儿，然后进去了。这是一家平常的小客栈，像山区里所有的客栈一样。房顶很陡，屋顶尖尖的，以便雪往下滑。散发着麦秸味，很大的没挂牌子的公共休息室，靠边摆着一张满是烧烤痕迹的橡木长桌和几把凿有花纹的椅子，那椅子也同样是橡木的，上面坐着几个过路者。他们当中的两个人面前各摆着一钵带汤的芸豆，二人急急忙忙地吃着。另外一个人双手撑着脑袋，无精打采地瞅着桌面。

这时候，焦尔古在一个空座位上坐下来，觉得枪嘴碰到地板上了，于是把枪从肩上卸了下来，把它夹在两个膝盖中间，然后，转了一下脖子，把被雨水淋透了的斗篷帽子甩到后背上。他察觉腰后有别的人。只有这时才注意到在通向二层楼的楼梯两边坐着另外一些山民；他们有的坐在黑羊皮上，有的坐在羊毛口袋上。他们当中有几个人就那么习惯地靠着墙，吃着夹有奶酪的玉米面面包。焦尔古准备从桌旁站起来，像他们那些人一样，从袋子里拿出自己的面包和奶酪，可是，这时芸豆的香味飘进了他的鼻孔，唤起他的食欲。他觉得有一种不可遏止的欲望刺激着他，吸引他想吃上一盘热乎乎的芸豆。他父亲给了他一格罗什，供他路上随时使用。可是，焦尔古不清楚是否能真的花这一格罗什，或者应当把它还给完整不破的家。这时候,焦尔古一直没注意到的店主出现在他的面前。

"去奥罗什的石楼吗?"他问道,"从哪儿来的?"

"从布雷兹弗托赫特来。"

"那么说你一定饿了,想吃点什么?"

这是一个身材瘦瘦的畸形店主,毫无疑问是个狡猾的人。焦尔古心里琢磨,因为他对他说"想吃点什么"的时候,并没有用眼睛看他,而是盯着他衣袖上的黑丝带,好像是对他说:"你是去为你杀人的事儿交付五百格罗什,在我的店里花上一两个格罗什,不会叫你倒大霉遭灾难的。"

"想吃点什么?"店主又重复地问道,最后把目光从焦尔古的衣袖上挪开,但仍然没有看他的脸,而是盯着对面一个地方。

"一碗芸豆。"焦尔古说,"多少钱一碗?我自己带着面包。"

他觉得脸红了,但是,他强迫自己提出这一问题。在世上,他不能为任何事情动血税钱。

"一格罗什的四分之一。"店主说道。

焦尔古轻松地吸了一口气,店主朝他转过身去,当他再来到跟前时,用木碗端来了芸豆,放到焦尔古面前。焦尔古这才注意到原来他是个斜眼。焦尔古好像是为了忘掉一切,低着头,冲着那碗芸豆,开始迅速地吃起来。

"想来杯咖啡吗?"店主来收拾吃干净了的芸豆碗时,对他问道。

焦尔古愣怔着眼睛注视着店主,看上去他的眼神似乎在说:噢,店老板,可别要了我的命!我确实在袋子里有五百格罗什,可是，我宁愿给了我的脑袋（上帝啊，他对自己说，三十天以后甚至不是三十天以后，而是二十八天以后，我的脑袋正好就值那么多钱），宁愿提前……给了我的脑袋，也比给属于奥罗什石楼钱袋的一格罗什要好些。不过，店主似乎知道他脑子里在想什么，于是补充说：

"很便宜，只要十钦达尔卡①。"

焦尔古耐着性子点点头示意可以。店主歪扭着身子，在一些坐着的人和桌子中间忙活着，收拾走桌子上用过的餐具，又送来一点别的东西。然后消失了。最后，又手端着咖啡回来了。

焦尔古还在喝着咖啡，这时候，一小伙男子走进客栈。从这伙人进来引起的不安，从人们转首相看，从畸形的店主来到他们面前的姿态，焦尔古明白了，这些刚刚来的人应当是本地区的一些知名人士。他们之中走在当间儿，个头儿异常矮小的矬子，长着一张发白的冷脸儿。走在他后面的那个人穿戴非常奇特，完全是城市人的打扮，他穿着一件带格子的夹克衫，裤子又肥又长，裤腿儿塞进了靴子里。第三个人一张高傲自负、目空一切的脸，显出把一切事物的本质特征都能说得头头是道、自圆其说的神情，眼睛里总是水汪汪的。可是，焦尔古立刻全明白了，大家的注意力全都集中在那个矬个子男人身上。

"阿里·比纳库，阿里·比纳库。"焦尔古听到四周的人小声地说。他自己也睁大眼睛，好像不相信自己能和著名的法典阐释者

---

① 钦达尔卡是阿尔巴尼亚最小的货币单位，是金属造的硬币。

身处于同一个客栈里,此人的名字,他小时候就听说过。

店主歪扭着身子走过去,把数量不多的这伙人请到旁边的一间屋子里,这是事先预订好了的,显然这是为最尊贵的客人准备的。

矬个子男人向大家问了好,讲话的声音很不认真,是从牙缝里挤出来的。他走在店主的后边,也不转过脸向左右两边看一看。顷刻间,人们感觉到了,此人对自己的声望是很自觉的,可是,奇怪得很,这一行动并没伴随着什么狂傲自大的表象。有这样的表象是平常的事情,特别是对那些名声大振的身材矮小的人来说,更是如此。可是,此人恰恰相反,在他的一举一动里,在他的脸上,尤其是在眼神里,都流露出一种平和的疲劳之感。

刚来的这些人到另外的屋子里去了,可是周围的人对他们的议论还在小声地继续。焦尔古把咖啡喝完了,可是,尽管他知道还剩的那点时间很宝贵,但还是喜欢待在那儿听听他周围的人谈论的那些事情。阿里·比纳库为什么到这儿来?肯定是为了处理某一个复杂的案子。真的,他整个一生都是从事这些工作。当法典的阐释在阐释者们意见发生分歧时,从这个地区到另一个地区,从这一旗到另一旗,人们都请他就那些难解辩的事情说出他自己的想法。在山区整个辽阔无垠的高原上,在数百个阐释者中间,像阿里·比纳库那样的著名人物不超过十个或十二个,因此,他不会白白地出现在任何地方。这一次也是如此。人们说,他是为解决就在那些日子要处理的划分地界的事情而来的,甚至说,这事情明天在邻旗就要办。那么那个人,那个戴浅色眼镜的人是谁?他是谁?真的,另外那个人是谁?人们说,他是一名医生,在特别时刻,阿里·比纳库常常把他带在身边，特别是在需要数清伤口数量、受伤造成的损失要用罚款清算的时候，更需要带着他。如果是这样的话，那么，阿里·比纳库就不是为划分地界而来，而是为了一件别的什么事情，因为众所周知，在划分地界的问题上，医生没有任何事情可做。真的，也许对阿里·比纳库的来因传说有误。有些人又说，他来这里真的是为了一件别的事情，一件非常复杂、几天之前发生在远离高原的一个村子里的事情。在一次开枪相互射击的争斗中，一个女人由于恰好正处于争斗中间，所以被打死了。死者是个孕妇，死后剖腹证明，她怀的是个男婴。村里的长老们显然很难作出由谁来为孩子报仇雪恨的决定。也许阿里·比纳库就是为解决此案的判决而来的。

"那么，那个衣着打扮像个滑稽可笑的小丑的人是谁？"其他的人问道。有个人出现了，他回答了一切："他是某种公务员，是丈量土地的公务员，他甚至还有个见鬼的称呼：不叫铁匠、磨坊工、算账先生，而是叫什么'员'，懂吧，这个名字真是活见鬼，你不把嘴咧歪了，还真叫不上来，叫什么来着，叫……叫……嚇！"他可是想起来了，"叫土地测量员①。"

"噢，对喽，这么说，可真是与地界有关的事了。来的是这个人啊，土地测量员啊，像你说的。"

焦尔古有兴趣再听下去，甚至他预感到，在客栈里还能讲出其他的历史掌故，可是，如果再晚一点，他就来不及赶到奥罗什的石

---

① gjeometër，这个词有些阿尔巴尼亚人说起来挺吃力。

楼了。他突然站起来，不给自己留下时间去乱想分神。他付了芸豆和咖啡钱，准备离开，可是在最后一刻，想起来再问一次路怎么走。

"你一直朝公路方向往前走。"店主说，"然后再往婚礼亲戚之墓那边走。在那里路分成两个岔儿，你要注意往右边去，可别往左边去。你懂我的话吗？往右边去。"

焦尔古走到客栈外边的时候，雨下得更加稀稀拉拉了。但是，空气却特别湿润。天空像早晨时一样布满阴云，愁眉不展，如同那些不知年龄的妇女和那种不懂得钟表的女人似的。

焦尔古朝前走着，尽力不去想任何事情。道路上满是灰色的小鹅卵石，非常难走。当他的目光落在路旁几座半凋败的坟墓上的时候，他告诉自己：这些应该就是婚礼亲戚之墓。可是，路并没有分成两岔儿，他想，婚礼亲戚之墓应当在还远一点的地方。果真是那样。一刻钟以后，它们在前面出现了。这些墓像前面看到的那些一样的凋败，不过，更加令人痛心、难过，而且上面长满了苔藓。从这些墓的旁边走过的时候，他几乎相信，早晨他碰上的那个出席婚礼的亲戚的马队，没干别的事儿，只是兜了个圈子，改换了道路，为的是投进这些坟墓里，那里应当成为他的永久性住处。

依照店主的嘱咐，他离开了原路，选择了右边的岔路。他好不容易控制住自己不回头，不再去看一眼旧有的坟墓。有那么一会儿，他闷着头走路，脑子里什么都不想，有一种与群峰及周围缭绕的云雾和谐地融为一体的感觉，连他自己都弄不明白，这种麻木的行走持续多久了。他多么想这样没有尽头地走下去，可是，前面出现了一些东西，将他的思绪迅速地从岩石和云雾中拉了回来，那是一户人家的废墟。

他从废墟旁边走过，往石堆上斜视了一下。由于长时间的风吹雨淋，大火烧过的痕迹已经消失了，替代大火痕迹的是一种很不正常的灰色，看上去似乎从表皮上能较容易地剥下一种长期沉积的污垢。

焦尔古继续不停地走着，斜视着废墟，突然迅速地一跳，跃过路边一道浅水沟，然后又跨了两三步，便来到废墟旁边。一块推不动、搬不走的石头立在它的旁边。然后，如同一个人面对死者的遗体要弄明白死者是受了什么伤、遭到了什么器具的打击而丧命那样，他向前迈了两三步，一直走到房子的一角。他朝这个房角弯下身子看了看，用脚把几块石头踢到一边。然后又逐一走到另外三个房角。他看到四个房角地基的石头都被拔了出来，一下子明白了，他是来到了一个践踏诚信的人家的遗址前。他早就听说过，那些对法典来说犯下了最严重的罪行（杀害被诚信保护的朋友）的人家，被点火之后，地基的石头都被这么拔起过。

焦尔古回想起许多年以前在他的村子里，曾经为了捍卫诚信惩处了一个人，全村的人都参加了处决杀人凶手的活动，并且说被杀者没有资格复仇。根本不管家里的人不是罪犯这一点，客人被害的房子一把火给烧了。房主手举火把和斧子出面紧急应对，按照习俗大声喊道："让我为全村和全旗承担罪恶吧！"全村的人举着火把和斧头，跟在他的后面走来。在此之后连续多年，人们只能用左手

40

从膝下把东西递给房主，以便让他记住应当为朋友报仇。因为人们知道，爸爸、弟兄，甚至孩子被杀死都能宽恕杀人的人，但对朋友被害，却永远都不能那样做。

这户人家能干出什么背信弃义的事呢？焦尔古自语道，用脚把两三块石头向前踢动了一下，发出闷声闷气的声响。他环顾四周，想看看村里其他一些人家，但是，除了二十步以外的另一个废墟，什么也没看到。怎么会是这个样子！他自言自语道。连他自己也不知道为什么会是这样。他向另一处废墟跑去，围着房角转了一圈儿，发现了同样的事情。房角地基的石头全都被拔了出来。有可能整个村子都受了惩处吗？他想。在稍远一点的地方，当碰上第三座废墟时，他相信肯定还是那样。他还听说过一件事，许多年以前，在一个遥远的地区，有一个违反法典的村子受到了旗里的惩处。在两个村子因为地界发生的争吵中，一个中间人被打死了。旗里要求中间人被害之处的那个村子应当为那个为捍卫诚信而死的朋友报仇。因为那个村子发疯犯傻，没有为朋友报仇，于是旗里作出了将村子摧毁的决定。

焦尔古迈着轻松的步子，走了一段较长的时间，宛如一个影子，在一处处废墟当中转悠着。那个用自己之死让全村人卷入死亡的人是谁？废墟里的响声叫人心痛。一只鸟，焦尔古知道，只有夜里才有的鸟，对他发出"嗷"、"嗷"的叫声。焦尔古想起来了，赶到石楼时间太晚了。他放眼四望，寻找公路。再一次听到鸟叫声，是从很远的地方传来的。恰好这时候他再一次询问自己：在这个命运悲惨的村子里因为诚信被害的人是谁？鸟再次"嗷"、"嗷"地叫唤了几声，仿佛要对这个问题作出回答。他听鸟的叫声似乎是在喊他的名字："焦尔古"，"焦尔古"。他对自己微微一笑，好像是说："这会儿尽说些傻话。"然后转身朝公路方向奔去。

片刻过后，当他重新上路的时候，似乎是为了摆脱那个消失的村庄给他造成的一部分沉重的压抑感，他努力去回忆法典中最轻微的惩罚内容。伤害朋友是罕见的，烧毁房屋自然也是不多见的，至于铲除全部村庄，就更是稀有了。他又想起那些罪过不太严重的人全家从旗里被驱逐出去的事情。

焦尔古感觉到各种惩罚相互的冲撞，于是加快了脚步，好像这样他将会逃离这些惩罚的乱事。有过多种多样的惩罚：如同法典中所说的"隔离"或"剥夺权利"，当人被隔离时，他一生中被排除享受一切权利（包括不能参加葬礼，不能参加婚礼，不能借面粉）。撂下土地任其荒芜，包括砍掉园子里的果树。禁食（在家里）。卸掉盾上或腰上的武器一周或两周。被锁链拴住，囚禁在家里。剥夺男主人或女主人一家之主的地位。

特别是家里招致惩罚的可能性让他心灵受折磨已有很长时间了。这种情况是在轮到他为哥哥报仇的时间里发生的。

他无法从心里把那个地冻天寒的一月的早晨去掉，当时他父亲把他叫到石楼上面一层的客屋（接待朋友的屋子）里面对面地交谈了一番。那是一个特别晴朗的早晨，天空和降下来的雪闪烁着耀眼的光芒，一切都是那样透明、光亮，以至于让人相信，整个世界由于像水晶一般特别光洁剔透，因此可能滑动起来，打成百万个碎片。正是在这样一个早晨，父亲提醒他不要忘记肩负的任务。焦尔古坐在窗户旁边,聆听父亲讲述报仇的事情。整个世界都变得血迹斑斑。血在白白的雪面上泛着红光,所有的血坑都在变大,它们也处处冻结成冰。然后,焦尔古明白了,血把他的双眼染红了。他低着头听父亲讲,一句话也不说。在稍后来到的日子里,焦尔古连自己都不知道为什么,第一次把家庭中不顺从的人可能会得到的全部惩罚,在脑子里逐一地排列了一下。他连对自己都不愿意承认未曾希望杀死一个人。他父亲力图在他胸中重新点燃起对克吕埃区奇家族人的仇恨,好像随着白天光辉的照耀,在一月里的那个早晨熄灭了。焦尔古当时不明白,仇恨的火焰烧不起来的原因之一,是他父亲这个点火者本身就是一块寒凉的冰。看来,在漫长的家族复仇流血的年代里,仇恨慢慢地冷却了。或者也许是仇恨从来就未曾有过。父亲讲述着,他忐忑不安,几乎恐惧地感觉到自己没有本事去恨未来的牺牲品。在未来的日子里,他的脑海里徘徊着种种念头,后来思想回到了家中不顺从的人可能会得到的一连串的惩罚中。他开始明白,要在内心里做好不流血的准备。这时候他明白了,他的思想跟着家庭里那些惩罚的后面跑是多么无聊。他像所有的人一样清楚地知道,对不复仇流血,有其他好多更加严酷的惩罚。

在他们第二次关于复仇流血的交谈中,父亲的语调更加沉郁低沉,天气也大不一样,是一个阴愁黯淡的日子,没有雨,甚至连雾也没有,到处是一种衰败可怜的景象。不要提闪电了,对于穷困的天空来说,闪电是很大的奢侈。焦尔古奋力躲开父亲的目光,然而,最终他的目光还是如同掉进了陷阱一般,落在了父亲的脸上。

"看看衬衫。"父亲说道,点头指着挂在对面墙上的衬衫。

焦尔古回头向那边看了看,觉得脖颈上的血管怦怦直跳,似乎被斑块给堵住了。

"衬衫上的血在变黄。"父亲说,"死者要求报仇。"

衬衫上面的血真的变黄了,颜色比黄要深得多,是一种铁锈色,好像是用过多时的一个水龙头管子喷上去的。

"焦尔古,你耽误太多时间了。"父亲接着说,"我们的荣誉,特别是你的……"

伟大的上帝已经把两指的荣誉打在了我们的额头上。在后来的几个星期里,焦尔古上百次地对自己重复法典中的话,那一天他父亲对他也引用了这句话。"把你的脏脸洗干净,还是把它弄得更黑更脏,全随你的便,保护你的勇士精神,还是削弱它,你自由选择吧。"

难道我是自由的吗?后来,当他一个人登上石楼上面一层,要好好考虑考虑的时候,几次扪心自问。因为种种罪过父亲能给他的惩罚,与丧失荣誉的危险相比,那是微不足道的。

额头上两指的荣誉……他伸手摸了摸额头,可能是为了找到荣誉可能在的准确位置。为什么恰好在这个地方?他自语道。这是人人相传的话,永远也说不全。现在,他终于弄清楚了它的真正的含意。荣誉在额头上有自己的所在地,就是说在额头的正中央,因为那是你的子弹可能要射向别人头上的部位,或者说是别人的子弹射向你头上的部位。当有人面对敌人射击正好打在头上,老人们就说:"枪法真漂亮!"或者当子弹穿过腹部或四肢,更不必说背部时，他们就说："枪法真差劲！"

焦尔古每次登上石楼上面那层看默希利的衬衫时，总觉得额头火烧火燎的。布上的血迹越来越褪色，天气如果热起来，这些血迹将要彻底变黄。那时候，人们就要开始将咖啡杯从膝下递给他①。这意味着对法典来说他即将变成一个死人。

全部道路都给他堵死了，无论是对法典的忍耐，还是做出任何别的牺牲，统统都救不了他。膝下递咖啡，这比任何别的事情都更叫他感到恐惧，正在前面什么地方等着他。所有的门都对他关闭，只有一扇除外。法典里说，受羞辱者通过法典可以有敞开的门。对他来说，唯一敞开的门，就是去杀死克吕埃区奇家族的某个人。于是，在过去的这年春天，他决定去伏击准备杀死他要杀的人。

在他家里，一切都显得生机勃勃，包围他的沉寂突然被打破，全家充满了音乐声，他周围的墙壁，仿佛也变得柔和，令人亲近了。

如果那时他就完成了杀人报仇的任务，现在他就成了一个太太平平、安安静静的人，被关进锁起门来的石楼里，或者变成最安宁的人，被埋入地下，好像没有发生什么事情。从一个遥远的旗里，突然来了他们的一个嫁到那里的姨母，她心里受到极大的震动。为了阻止发生流血，她爬了七八座山，越过同样多的地区。她说："除了焦尔古的父亲，焦尔古是家中唯一的男人。他们将杀死焦尔古，然后又要死掉克吕埃区奇家的一个人，再往后就将轮到焦尔古

---

① 法典中有此规定，表示对受惩罚者的蔑视。

45

的父亲，如此杀下去，贝利沙家就要绝后了。不要干这件事，不要让橡树枯死，请求对仇杀一事讲和吧。"

一开始，全家人连听都不想听，后来，大家都沉默了，可是，她继续说下去，最后是一点空当时间，大家既不同意她的想法，也不表示反对，只是累了。可是，姨母不累。天天讲，夜夜讲，在亲戚和弟兄们中间讲，时而住在这座石楼，时而又住在另一座石楼，最后终于达到了目的：经过七十年的死亡和悲伤之后，贝利沙的家人决定向克吕埃区奇家的人寻求血的和解。

寻求血的和解，在山区里异常罕见，在村里，甚至在旗里都引起了轰动。采取了全部措施，要让一切事情必须遵照法典确定的精准规则去办。调解复仇流血的中间人与贝利沙家的几个同伴和友好人士（此时此刻被称作"血的主宰者"）一起到杀人者克吕埃区奇家吃流血和解饭。按照习俗，他们与杀人者共进了午餐，并定下了克吕埃区奇家应该赔付的钱数。然后，剩下的唯一的事情就是血的主宰者焦尔古的父亲用锤子和凿子，在杀人者家的门上刻一个十字架，互相交换喝一滴血，这就是说永久和解了。但是，这一时刻从来就没来到，因为一位年长的大叔的反对，一切都被破坏了。这件事发生在吃完午饭的时候。按照习俗，当时人们进入石楼的每间屋子里，把脚跺得咚咚响，告示血影将被赶出家中的每个角落。突然，焦尔古的这位年长的大叔喊起来："不行！"这是一个安详温和的老头，在他们家族里从未引起别人的注意，这种事情发生在他身上要比发生在任何人身上少得多。大家都僵住了，眼睛、脖颈也一动不动了，原来抬起的脚，要在地板上使劲跺响，这时也悄悄地落下了,如同落到棉花上一样。"不行!"年长的大叔又说了一次。这时,在场的神父作为担负和解的主要中间人,挥了一下手,说道:"那么血就继续流。"

在这一时间里,似乎处于注意力以外的焦尔古,重新又成了注意力的中心。原来,他短时间摆脱了焦躁心情的煎熬,这会儿,除了这种旧有的心情,还添加了一种满足感。看来,这一满足感是重新赢得失去的注意力而产生的。原来,他不懂哪种生活更好些,是平静的、蒙上一块欢乐的面纱、摆脱复仇流血机制的生活,还是另外一种生活,这种生活是可怕的,但能亮出一道他抓得住的犹如颤抖的线条一般不幸的闪电。现在他觉得不是生活在那种境域里了。这两种生活他都尝过。现在假如有人对他说:"焦尔古,从两种生活中选择一种吧!"他一定会有种种考虑。也许为了习惯太平生活需要些年头,为了习惯遭受的损失,也许也需要那么多年头。复仇流血机制特别厉害,即使把你甩到外面去,让你自由,也仍然要把你从心灵上捆住很长时间。

在和解失败的日子里,当到此时还晴朗的天空又聚集了危险的阴云,焦尔古几次自问:费力搞了这种和解的努力,究竟是比较好还是比较坏?他回答不了这个问题。说比较好,那是因为又给他另外一年自由的生活。但是,从另外一方面来说,是比较坏,因为现在他应该迅速地习惯那种已经逃离的生活:习以为常地琢磨如何杀死一个人。他应该很快就成为一名杀手,法典中对那些嗜好杀戮的人就是这么称呼的。杀手是家族的一种先锋人物,他们杀人,但是,在复仇流血中也是先遭正义者杀戮的人。当轮到敌对家族杀人报仇时，这个家族的杀手就要怀着极大的兴趣去杀死另一个家族的杀手。只有在不可能的时候，替他被杀的人将是另外一个男子。在与克吕埃区奇家为敌的七十年中，贝利沙家有过二十二名杀手，他们当中多数人后来是被枪弹打死的。杀手是一个家族的花朵，是它的精髓和主要的纪念。在一个家族的生活中，许多事情、人和被灰尘掩埋的事件都会被忘记，唯独杀手，家族墓地里小小的不熄灭的火星，永世都不会被忘记。

夏天来了，又走了，比其他任何一个夏天都短，贝利沙一家人抓紧时间要尽快把农活儿做完，以便在未来大的杀戮之后，都关在石楼里，闭门过日子。焦尔古心里充满了平静的痛苦，好像新郎官在结婚前那样一种心情。

在第二年的秋末，他终于向克吕埃区奇家的泽弗·克吕埃区奇开了枪，但是没有打死，只打伤了他的下颌骨。法典的医生们来了，要确定一笔罚款金额。按法典的章程，开枪杀人者一旦没把人打死，而把人打伤了，那他要接受罚款处理。因为伤在头部，所以定下的罚款金额是三袋格罗什，或者说是杀死一个人一半的价钱。这就是说贝利沙家可以选择两种惩罚其中的一种：要么赔付这笔罚款，要么把这一打伤人的事件视为报了一半血仇。在后一种选择中，如果贝利沙家不付罚款，而把击伤采取报血仇的价码来计算，那么，他们就没有权利去杀克吕埃区奇家的一个人了，因为一半报仇的血已经偿还了。他们只有打伤一个人的权利。

贝利沙家自然不能接受把击伤说成偿还了一半血仇的说法。尽管处罚的金额很大，他们还是拿出一部分积蓄赔付了罚款，这样，报仇雪恨的价码就是不可侵犯的了。

在因为击伤一个人而受惩罚的事实继续存在的全部时间里，焦尔古父亲的双眼由于气愤的藐视和极大的痛苦攫取了他的心，所以总是泪水汪汪的。那双眼睛好像对焦尔古说：你把报仇雪恨的事情推迟得太久还不算，现在，还给家里的经济雪上加霜。

焦尔古自己也感觉到，发生的这一切都是他办事不坚决果断的老毛病造成的，这个老毛病使他的手在最后一秒钟发抖了，射击出了错误。真实的情况是：焦尔古后来也明白不了，是因为在瞄准时手真的发抖了，还是自己把瞄准星从牺牲者的额头降到了脸的下部。

这个事件发生以后，一段麻木的时期到了。生活似乎停止不动了。被焦尔古打伤了的人在家里病了好长时间。人们说，子弹把他的下颌打碎了，还说受伤的地方感染了。那一年冬天很长，比以往任何一个冬天都漫长，让人愁闷沮丧。在安详的雪面上（老人们说，在他们的记忆里，雪下得是如此的安静、瓷实，任何地方都没发生雪崩），从来都没刮过这样一种低低的持久不变的风。克吕埃区奇家的泽弗，焦尔古生命中唯一的目标，继续病病恹恹地躺在床上，这么一来，焦尔古便觉得自己是一个无所事事、四处闲逛的失业者。

焦尔古觉得这是一个永无尽头的冬天。恰好在人们议论受伤者正在痊愈的时候，焦尔古生病了。他要竭尽全力忍受全部痛苦，以防卧床不起，杀不了人。可是，这是完全不可能的。他脸色变得如蜡一般黄，强忍着站了起来，然后又躺下了。他在床上连续躺了两个月，正好就是在这个时候，克吕埃区奇家的泽弗借着他生病的时机，开始在村里自由地行走了。焦尔古从石楼二层他躺着的地方向外望，凝视着窗户允许他看得到的那一点点风景，几乎任何事情都没想。因为长时间患病，所以眩晕得非常厉害。窗外是被大雪染白了的茫茫的世界。现在，除了一次杀戮之外，再没有任何事情能把他和这个世界联系起来。他变成一个陌生人已经有些时间了，甚至是这个世界多余的人。如果说窗外还有人对他有所期待的话，那就只是因为人们等着他杀一个人。

一连数个小时，他一直用带着自嘲的眼神，凝望着被积雪覆盖着的白茫茫的大地，仿佛在说：我要去，很快就去，把我的一捧鲜血洒在上面。这一念头一直缠绕在他的脑海里，不肯离去，想得很多很多，以至于好几次觉得真的看到了一小块红红的血扩延到变白了的残余物的正中央。

在三月最初的日子里，他感觉自己好了一些，三月的第二周，从床上起来了。走到门外边的时候，双腿依然还是发软无力。任何人也没想到，疾病害得他那样的头晕目眩，摇摆打晃，脸色苍白得如同白布，竟然还能走出去埋伏下来，等着他要杀死的人。也许这也是泽弗·克吕埃区奇知道他的敌手还在生病，未加提防，因此突然被打中的原因。

雨时不时零星地下着，甚至露出将要慢慢停下来的迹象。可是，就在最后那一刻，又哗哗地下起来了。时间应当是下午，可是，焦尔古却觉得他的腿都麻木了。还是那个灰蒙蒙的日子，只是地方变了，是另一个地区了。这一点他是从迎面碰上的山民们不同的装束打扮上懂得的。小小的村落，在公路两边越来越少了，从远处很难辨认出某一个教堂铜钟微弱的闪光，然后一连很多公里又是空旷无人的山野。

迎面走来的过路人越来越稀少，焦尔古又问了一下到奥罗什的石楼还有多远。一次人们告诉他这会儿很近了，然而，稍微往前走了走，当他以为真的是离近了的时候，人们对他说，到奥罗什的石楼还很远呢。两次过路人都用手指了同一个方向，那里除了雾霭什么都看不见。

有两三次，焦尔古觉得夜晚正在降临，可是，并不是如此。还是那个下午在无休止地继续着，村庄离开了公路，好像它们要永远地躲藏起来，离开它和整个世界。他又问了问到石楼还有多远，人们告诉他，现在嘛，它就在近处了，甚至最后那位过路者还用手给他指了一下石楼应该在的地方的方向。

"天黑之前我能赶到那里吗？"焦尔古问道。

"能到，真是讲信用。"山民说，"正好在黄昏时你就能赶到。"

焦尔古又往前走去，觉得自己实在是太累了，支持不住了，时而几乎相信是黄昏姗姗来迟，使到石楼的距离加大了；时而又觉得完全不是那么回事，是到石楼的距离把黄昏悬在了空中，不让它在地上降落。

有一次，他觉得已经从雾霭中辨认出了石楼的轮廓。可是，那个黑乎乎的建筑只是一个女子修道院，就像这个漫长的一天的上午他所看到的那种建筑一模一样。又走了一段路，觉得自己正在靠近石楼，甚至觉得终于算是看清楚了，它在一个陡峭的滑坡顶上，可是，稍微向前又走了走才明白了，那不是奥罗什的石楼，也不是任何建筑物，因为一团雾的遮盖，只是比其他的东西显得更暗一些而已。

当他孤零零一个人又走到公路上的时候，终于到达石楼的希望彻底落空了。低矮的灌木，好像是怀着很坏的目的钻出来的，给公路两边更增添了空旷荒凉的景象。这是怎么回事？焦尔古心里犯着嘀咕。现在，村庄也好，即使是那些被甩得远远的村庄也罢，统统都见不着了，更为糟糕的是，看来无论在什么时候，在什么地方，它们都不会再出现了。

焦尔古向前走着，不时地抬起头来，试图在一侧的地平线上找到石楼，他又觉得看到了，但是，却不敢相信。还是孩提时代，他就听说过关于公子王孙的石楼的故事。多少个世纪以来，它一直警惕地保卫着法典不受侵犯。但是，他并不晓得石楼是个啥模样，就像对它的任何别的事情不了解一样。拉弗什[①]的居民们简单地管它叫奥罗克，可是，当人们讲起它的时候，从他们的讲述中，他并没能够明白它是个什么样子。因此，这会儿从远处看到它时，就不相信那就是它，他不可能懂得它怎么会是那个样子。雾霭中它的轮廓既不显得高，也不显得低，有时像是躺着的，有时又像撅起来的。有一次焦尔古觉得之所以出现这种情况，是因为路在往高处延伸，

[①] rrafsh，原意是高原，本小说中讲的是杜卡吉尼的高原，当地人把自己称为拉弗什的居民。

不断转弯造成的，出于这个原因，石楼便更换着模样。可是，更靠近它时，任何事情都弄不清了。他几乎肯定那就是它，就像原来肯定不是它一样。一会儿，他觉得是有一个屋顶覆盖在几座不同的建筑物的上面；一会儿，又觉得是几个屋顶覆盖在同样的建筑物上面。越是靠近它，石楼的模样就变化得越大。这会儿，他觉得在几座石楼当中有一座主楼，其他的一切都是它周围的补充建筑。可是，又稍走了几步，主要的石楼消失了，除了周围的补充建筑，什么都看不到，甚至这些补充建筑也在分散而去，往前再靠近一点，发现这些补充建筑根本就不是什么石楼，而是别有它用的，几座好像是住房，甚至一部分连住房也不是，充其量也就像个半废掉的门廊，感觉不到四周有任何活物的气息。我是不是到错了地方？焦尔古自言自语道。恰好这个时候，有一个人出现在他的面前。

"血税吗？"此人一边往焦尔古的右衣袖上瞥了一眼，一边问道，不等焦尔古回答，就用手朝一个门廊那边指了一下。

焦尔古向那边转过身去，他觉得双腿再也支撑不住自己了。他前面是一扇非常旧的木门。他转回头，似乎想要问一下刚才跟他说话的人，是否应当顺着那个门进去，可是那个人已经不见了。在没有决定敲门之前，他向门凝视了片刻。门的木头好多处都朽坏了。在朽坏了的木头上露出各种各样的钉帽和白白钉在上面的一根根钉子。多数钉子已经歪歪扭扭，没有什么意义了。所有这些金属的铁锈都与老朽的木头成为一体，如同老头一只手上几个老化的指甲一样。

焦尔古抬手要敲门，可是，就在这一刹那，他发现这扇钉了那么多钉子、贴了那么多铁皮的门上,竟没有把手,甚至也没有一点锁的痕迹。只有这时,他才注意到门没有全关上。于是他做了他一生中从来没做过的一件事:推开了一扇门,事先也没喊一声:"喂,主人在家吗?"

房间里半明半暗。一开始他觉得门廊空无一人,可是后来,在一个墙角辨认出一堆火。这是一堆昏暗的火,立刻就感觉到木头是潮湿的,冒出的烟要比火苗大得多。跟人们认识之前,他闻到了斗篷的湿羊毛味,然后才看到了他们。其中有几个坐在木凳上,另外几个则蹲在角落里。

他也在一个墙角蹲下来,把枪夹在两个膝盖中间,眼睛也渐渐地习惯了半明半暗的光亮。烟的苦涩味让他的喉咙受苦难忍。他能认出他们衣袖上黑色的丝条,心里明白,跟他一样,他们这些人也是来交血税的人。总共是四个人,稍过一会儿,发现是五个人。可是,还没过上一刻钟,又觉得还是四个人。第五个人一开始不显眼,后来显得是第五人,其实并不是人,而是搁在那里的一个木桩子。谁晓得是什么原因,它被放在光线最暗的角落里。

"你是哪里人?"他身旁的那个人问道。

焦尔古把村名告诉了他。

外面,夜幕已经降临,焦尔古觉得天是突然间,就在他跨过门廊的门槛时黑下来的,就像那座废墟,你刚一离开它的影子,它就在你背后倒下来一样。

"你没有走太远的路嘛。"那个靠在他身边的人说道,"我可是不停歇地走了两天半的路啊!"

焦尔古不知道说什么才好。

有人推门进来了,那门发出像人哭叫的声音。他抱了一抱木头,扔进火中。木头是湿的,那点火光在周围闪闪地跳动几下就熄灭了。但是,眨眼之间,一个看上去好像瘫痪了的人点起一盏油灯,把它挂在墙壁上钉着的诸多钉子中的一个钉子上。玻璃灯里装着的烟子发出昏黄、微弱的光,尽力而徒劳地照到门廊里每个最远的角落。

任何人都不说话。那个人出去了,另一个人又进来了。这个人像第一个人,只是手里没有任何东西。他朝着所有的人瞅了瞅,似乎在数人数(两三次回头望木桩子,好像是要确认那不是人),数完就出去了。稍过一会儿,又手捧着一个陶罐出现在大家面前。在他后面跟着另一个人,此人手里拿着几个木杯子和两个玉米面面包。这第二个人给每人面前放一个木杯子和一块面包,而另外那个人则从罐里给大家舀带汤的芸豆。

"你可真走运啊!"焦尔古旁边的人说道,"你恰好在开饭的时候来到了,不然,直到明天午饭你得一直饿肚子。"

"我自己带了点面包和奶酪。"焦尔古说。

"为什么?"另一个人说道,"石楼白天为交付血税的人提供两餐。"

"我不知道,"焦尔古一边说着,一边放进嘴里一大块面包,玉米面面包很硬,可是他太饿了,照样吃得挺香。

焦尔古觉得有一个金属的东西掉到大腿上了,那是他身旁的那个人的烟盒。

"来支烟吧。"那个人对他说。

"你在这儿等多久了?"焦尔古问道。

"中午的时候我就来了。"

焦尔古什么也没说,不过,尽管如此,那个人好像还是感觉到了他的惊奇。

"你为什么感到惊奇?有人昨天就开始等了。"

"是这样吗?!"焦尔古说道,"可我以为今天晚上就能把钱交了,明天就可以动身回村。"

"不,不。"另一个人说,"你要是明天傍晚时能交钱,那你就是运气好。不然的话,你可能还要等上两天,甚至三天。"

"还要三天?怎么可能呢?"

"石楼从来不急于收血税。"

门吱扭响了一声,原先送来过一罐带汤芸豆的那个人又进来了。经过火堆时料理了一下火苗,接着就出去了。焦尔古放眼跟踪着他。

"这些人是王子殿下的仆人吗?"他小声地向旁边的人问道。

那个人没回答他的话,只是耸了耸肩膀。

"我不知道对你说什么。据我所知,他们一半是亲戚,一半是仆人。"

"是这样?"

"你看到周围的建筑了吧?在这些房屋里住着的许多户人家都与首领有家族关系。就是这样,他们既是首领的亲戚,同时又是卫士和官员。你没看见他们穿的衣服吗？既不是山民，也不是市民。"

"你说得对。"焦尔古说，"看上去是这么回事。"

"再卷支烟吧。"那个人说。

"谢谢。"焦尔古说，"我抽得不多。"

"你什么时候杀死了你的对手？"

"前天。"

外面传来了吧嗒吧嗒的下雨声。

"这个冬天真是没完没了。"

"是的。"焦尔古说，"好像拖的时间太长了。"

远处，从建筑群的深处，也许是从主要石楼所在的地方传来了难听的大门开动的响声。两扇沉重的大门要么是关上，要么是打开，刺耳的吱扭声响了好长一会儿。然后，立刻又传来家禽的鸣叫声，也有可能是卫士同时发出了喊叫声，或者是向朋友致敬问好，或者是与朋友告别。焦尔古在自己待的那个角落里，把身体蜷缩得更厉害了。不管怎么说，他也不能让自己相信现在已经置身于奥罗什（当地人叫奥罗克）了。

焦尔古在梦中游历了许多地方，关门、开门发出的刺耳的吱扭声让他从迷迷瞪瞪的睡梦中醒来了。他第三次睁开眼睛，看到那个好像瘫痪了的人用一只胳膊和双手抱着木头进来了。他把木头往火堆里一扔，就去挑油灯里的灯捻儿。木头在滴水，这是不言自明：外边的雨就一直没停。

灯光下，焦尔古注意到，那些人中没有一个在睡觉。他脊背发冷，可是有点什么东西妨碍他向火堆靠近。不仅因为这个，他还觉得那火并不暖和。摇曳的紊乱的灯光溅出一些黑点四处飞散，使等待交税的人愁闷无语的心绪变得更加沉重了。

焦尔古的脑子里有两三次闪过这样的念头：所有这些人都是些杀人者，每个人都有一部历史故事，但是那些故事都深深地锁在了他们的心底。他们的嘴，特别是下颌没有白长。在灯光的照耀下，它们叫你回想起旧把手的某些式样。在前来这里的路上，焦尔古想到某些人可能会问起他的历史故事，这一想法叫他感到恐惧。当他走进这个门廊时，感到这一恐惧达到了顶点，尽管进到这里就有某种东西保证他处于危险之外。也许是待在那里的人僵硬呆板的站相，或者是那根木桩子给了他这个保证。每个刚到这里的人，一开头都把这个木桩子当成了人，然后才把它当作木桩子。或者相反，一开头把它当作木桩子，然后对自己一笑，再把它当成人，直到弄明白它真的是个木桩子，这才知道是错了。这会儿，焦尔古几乎相信，正是为了达到这个以假乱真的目的，才把那个木桩子放在了那里。

那个像瘫痪了的人刚刚抱来的湿木头在火堆里发出哔哔剥剥的响声，使焦尔古深深地吸了一口气。外面，夜色肯定是更黑了。在某地，北风低低地贴着地面发出呜呜的呼啸声。很奇怪，他觉得需要说点什么。但是，这并不比别的什么更让他感到惊讶。焦尔古觉得周围这些人下颌的形状正在慢慢地变形。有如在寒冷的夜晚，羊羔把粗嚼后的食物再返回到嗓子眼和口中细细咀嚼，进行反刍一样，历史故事也往上涌，一直从他们这些人的肚子里返回到嗓子眼，开始从嘴里一滴一滴地往外流淌。"从杀人流血之日起，你已经过了多少天了？""四天。那么你呢？"

渐渐地，历史故事从毛织外衣里流出来了，犹如黑蜣螂那样在周围悄悄地转来转去，相互融合在一起。"在三十天的诚信保证期里你将要干什么？"

我将要干什么？焦尔古想。什么也不干。

有时他觉得要在这个潮湿的门廊里，在这堆火旁边，死死地守上一生。这堆火更多的是让他冷得发抖，而不是感到温暖，因为它一刻也没有全燃烧起来，而且旁边还有一些黑乎乎的在地板上团团乱爬的臭蜣螂。

什么时候才能喊他去交税呢？从他到达这里到现在的全部时间里，他们当中只有一个人被接受交了税。他在那里真的能整天整日地等下去吗？假如过了一个星期人家还不叫他去怎么办？假如，他们根本不接受他交税又怎么办？

门开了，进来了一个人。立刻就看出来了，他是从远方来的。火堆里蹿起两三股不屑一顾的火苗，只是为了辨认出他是一个满身烂泥巴、雨水淋淋的脏人，然后就把他置于半明半暗的屋子里，就像其他所有的人一样。

他晕头转向，糊里糊涂地走到一个角落里，紧挨着木桩子找了个地方。焦尔古斜眼注视着他，似乎想借此机会看一看几个小时之前他自己进来时是个什么模样。那个人把帽子往下压了一下，让山羊胡垂在膝盖上面。立刻看出来了，他把历史故事深深地埋在了心里，离喉咙远得很呢。也许那些事情根本还没有进入他的内心，而是留在了心外面，留在了冷冰冰的刚刚杀过人的一双手上。现在，他正在膝盖上面烦躁地摆弄着这双手。

第三章

马车轻快地攀登在山路上,这是一辆兰朵车式①的胶轮马车。通常这种车在首都是为散步使用的,或者说是用来出租使用的,不仅四个座位都罩上了黑色天鹅绒,而且它们的整个样式都有点天鹅绒的风采。也许正是因为这一点,它在难以行走的山路上攀登才显得比想象的要柔和轻松得多。假如没有马蹄的嗒嗒声和它们闷声闷气的呼吸声,这种柔和优美的色彩还要更浓厚些。天鹅绒的外罩并没有减少这些噪音。

贝西安·沃尔普西没有松开妻子的手,把脸靠近窗户的玻璃旁边,要确认一下半个小时之前他们离开的小城终于从视线中消失了。这座坐落在北方大高原脚下的小城,是这里最后的城市。现在,前方和他们的两边是一个低低的陡坡,一片有点神奇的原野,既不是平原,也不是山岭、高原。群山还没有开始,但是,它们的影子早已感觉到了,而且看得出来,就是它们的影子使它们不被接受进入群山的世界,但是,也阻碍这片原野被称作洼地。这么一来,它就是一个中间地带。那是一片荒芜的土地,而且几乎无人居住。

牛毛细雨碎小的雨点时不时地敲打着车窗的玻璃。

"可恶的山。"他小声说，声音有点轻微的颤抖，好像能够说出山的名字，他老早就期待这一场景的出现。他觉得这个名字在他妻子身上唤起一种严肃的恐惧感，对此他觉得挺开心。

为了观景，她把头靠近他那边，他闻到了她脖颈上的香味。

"这是哪儿？"

他点头指向前边，然后用手朝那边指了一下，但是，在他的手指向的那边，她没有看到别的什么，只见到一团雾霭。

"任何东西也看不清楚。"他解释说，"我们离那里还很远很远呢。"

她把手放到他的手上面，倚着座位坐好。由于马车的颠簸，一张报纸向下一滑，掉在了脚下边。可是，他们俩谁也不弯腰把报纸捡起来。这张报纸是他们从小城出发前几分钟买的。报纸的第一版上载有关于他们的消息。她微微一笑，露出不屑的神情，脑子里又想起隆重纪念他们旅行的文章的标题：愉快有趣的号外——作家贝西安·沃尔普西和他年轻的妻子迪阿娜决定在北部高原上度蜜月！

接下去，文章的意思就有点模糊不清了。搞不清楚文章的作者阿·格（难道是他们俩共同的熟人阿德里安·古马？）对这次旅行是有点欢迎还是稍加嘲讽。

结婚的前两个星期，她首先从她丈夫的口中听到了旅行的想

---

① llandon，19世纪末、20世纪初在欧洲流行的可以敞篷的四座马车。

法,对此想法她自己觉得可是非同一般。"你一点儿也不要惊讶,"她的同伴们对她说,"当你跟一个非凡的人结婚之前,你从他那里除了能听到奇怪的事情,不会听到别的什么。可是,最终我们什么也不能说,只能说你是个幸福之人。"

她真的感到自己是个幸福之人。在婚礼前所有那些日子里,在地拉那奢华与艺术对半的各个圈子里,人们不谈论别的,只谈论他们未来的旅行。多数人感到欢欣鼓舞:你将要离开现实的世界,前往传奇的世界,到真正的大世界里去,这个活生生的世界,在地球表面上,你很少能找得到。她们还继续讲述关于女神、美女、民间歌手、世界上最后的荷马史诗,还有可怕的但比任何别的东西都宏大壮观的法典。另外一些人对这种奇思怪想耸耸肩膀,竭力想尽量轻松地表示她们的不信任。不管怎么说,这种不信任的态度是与舒适的说法有关系的,甚至还说是优雅美好的旅行,有些娇柔微妙,这种话就更要引起怀疑了。实际上,阿尔卑斯山这时候还挺冷呢,古老英雄的石楼还是那副硬邦邦的面孔。而那些很少到过那里的人则带着淡淡讥讽的表情静听了这一切,好像是要说:去,到北方去吧!到美女成群的地方去吧!在那些美女当中,这对你们俩,特别是对贝西安·沃尔普西也许会有好处呢。

现在,他们正走在通向阴愁暗淡的北方高原的道路上。关于这个高原,她在"皇后"女子学院时已经听说了很多,而且还读过大量的材料,特别是后来,在跟贝西安·沃尔普西订婚之后,这个高原既吸引她,又让她感到恐惧。真实的情况是,从她读过和听说过的关于这个高原的说法中,甚至从贝西安本人的文章中,她很难理解,高原上,掩盖在雾霭后面的生活是个什么样子。她觉得人们所说的关于高原的每件事情,都具有像雾霭一般模糊不清的双重意义。贝西安·沃尔普西写过关于北方的半悲凄半具有哲学意味的短篇小说。这些小说在媒体上引起的反响也是如此,有两方面的评价,有些人像对待珍珠一般欢迎喝彩;另一些人则批评作品缺少现实主义精神。有两三次,迪阿娜脑子里有过这样的想法,这次旅行也许并不是为了向她展现北方雄奇的风光景色,而是为了核实纠结在他自己内心里的一点什么事情。这次非常不一般的旅行是她丈夫打好的主意。可是,她打消了这个猜想,心里琢磨:如果是那样的话,那他就会在老早以前做出这个构想,而且可以单独行动。

现在,她偷偷地窥视着他的侧身,从他脸上的肌肉绷得紧紧的样子和瞭望车窗玻璃外面景色的神态,立刻明白了,他是在竭力地掩藏有点不耐烦的情绪。迪阿娜完全明白了他为什么像处在一种久等的状态中。她肯定感觉到了他喋喋不休地谈论了一整天,一半是充满幻想性,一半是英雄壮观的整个世界,还迟迟地没有出现。外边,马车的两侧,连续不断地舒展着长长的无人居住的荒野画卷。在不计其数的淡淡的咖啡色的小石头子儿上面,落下了世界上毫无用途的大雨。他害怕我开始失掉希望,她想。有两三次她准备对他说:别犯愁,贝西安,我们只不过走了一个小时嘛,再说了,我既不是那么没耐心,也不是那么天真,以为北方的奇观异景将会突然出现在我们面前。但是,她并没有说这些话,只要把头靠在他的肩头上这样一个很自然的动作就足够了。本能告诉她,这要比所有的话语更能叫他放心。于是,很长时间她就保持那个姿势坐在那里,用斜视的目光看着她那浅栗色的头发随着马车的颠簸在他的肩上不停地抖动、摩挲着。

她都快要进入梦乡了,猛然间感觉到他的身子在活动。

"迪阿娜,你看!"他一边抓住她的手,一边小声说。

远处,在路旁现出几个黑影。

"是山民吗?"她问道。

"是的。"

马车越靠近,影子就变得越长。他们俩的脸几乎都贴在玻璃上了,迪阿娜两三次擦去他们的呼吸在玻璃上形成的雾气。

"他们手上拿着什么东西,是伞吗?"她问道,但是声音特别小,这时候马车距离山民们不超过五十步远。

"看上去像。"他喃喃地说,"哼!从哪儿出来了这些伞?"

马车终于从山民们旁边走了过去,山民们眼巴巴地盯着它。她回过头,想确认一下,山民们手上拿的那些旧东西是否真的是支架折断、破布做成的旧伞。

"我从来没见过山民带伞。"他宛如马咴儿咴儿叫唤一般吐音不清地说。迪阿娜也感到很惊奇,但是没有把她的惊讶表现出来,以免丈夫发脾气。

再往前走一点儿,他们看到了另外一伙山民,其中两个每人背着一个袋子,这时候,她装作没看见他们,而贝西安·沃尔普西却盯着他们看了一会儿。

"玉米。"最后他说。可是,迪阿娜没有回应他的话。她又把头靠在他的肩头上,头发随着车的颠簸开始温柔地在他身上翻来覆去地拂动。

现在，他在警惕地注意着道路，她也竭力让思绪转到更快乐的事情上去。如果一个英气十足的山民肩上背着一袋子玉米，或者手上携带一把防雨的破伞，说到底也不是什么大不了的不幸之事。以前她不是也见过成十上百的山民吗？在冬天来临之前，这些山民充斥了城市的大街小巷，每人肩上扛着一把斧子，凄怆地喊道："劈木头喽！"那喊声超过人的声音，很像家禽在鸣叫。不过，贝西安对她说，他们不是山区的真正代表，因为各种不同的原因，有如树木被连根拔起一样，离开了英雄的故土。他们自己失去了英雄的品格和他们真正的美好品质。真正的山民在那里，在拉弗什高原。一天夜里，他一边用手比画着，一边对她说，那手更多的是指向高高的天空，而不是地平线上的某一点，仿佛是北方的拉弗什高原位于太空，并不是在地球上。

此时此刻，他忐忑不安地倚着窗户，目光一直没有离开荒凉的旷野，担心妻子会不会问他：难道说这些手里拿着架子伞，或者被玉米袋子压弯了腰的可怜巴巴的行路人，曾经是崇山峻岭的真正英雄吗？但是，即使一切的一切都使她感到失望，让她不满意，她也永远不会想提出那样的问题。

她还像原来那样倚着他，闭着眼睛。由于马车的颠簸，眼睛时不时地张开又闭上，好像这是一种保护，让她避开这片荒凉的寸草不长的旷野在她心中引起的悲哀。这时候，她回想起她和贝西安·沃尔普西相识的日子里和订婚后最初的几个星期，他们之间一些零零碎碎的往事。大街两边的栗子树，咖啡店的门，拥抱时手上戒指的闪光,上面落满了秋叶的公园里的三脚椅,以及其他成十上百的事物,她都统统毫无保留地抛向无边无际的旷野,希望以此多少充实一下她那颗受到损坏的心。但是,荒原是贪婪无情的,它那潮湿的赤裸裸的一切要立刻吞掉的,不仅仅是她存蓄的全部的幸福,而且也许是人类世世代代积累的幸福。迪阿娜在生活中从来没见过这样的一个园地。万恶的群山不是白白从这里开始的。

丈夫的肩膀动了一下,把她从似睡非睡的状态中给弄醒了,然后传出他很谨慎的说话声:

"迪阿娜,你看,一座教堂。"

她靠近车窗的玻璃,两眼立刻就捕捉到了教堂石钟楼上面的十字架。教堂矗立在高高的石崖上,是因为道路在过于陡深的地面经过而造成明显的反差,让教堂显高了,或者也许是因为它划破了天空,造成了高耸云天的印象。黑黑的十字架威风凛凛地在云彩中穿行,挺有威胁意味。离教堂还远,可是,当他们再往前走近一点的时候,便辨认出石钟楼上的铃铛。铃铛的青铜放射出的淡淡的发黄的光芒,好像是隐藏在十字架黑色威胁下面的一种讥讽的微笑。

"多美啊!"迪阿娜说道。

他的头左右摇了两下,以示同意①,没有说话。真实的情况是,十字架的阴郁和铜铃温和的讥讽,总是不分割地结为一体,在万物之上飘荡,而且在许多英里范围之内都应当能显现出来。

"瞧,还有山民们的石楼。"他说道。

---

① 阿尔巴尼亚人一般情况下以摇头表示同意,点头表示不同意。

她好不容易把目光从教堂那边移开，去寻找石楼。

"在哪儿？在哪儿？"

"瞧，就在那里，在小山坡上。"他用手指给她看，接着说，"稍远一点儿还有一座，在另一个山坡上。"

"噢，是的。"

他突然间活跃起来了，他的目光在视野中贪婪地寻找着。

"山民。"她说，伸手向前边窗户的玻璃那边，朝赶车人后背那个方向指去。

山民们朝着他们的方向走来，但这些人离得太远，这会儿还看不清楚。

"这附近应当有一个大的村子。"

马车向山民们靠近，贝西安坐在结了雾气的窗户玻璃旁边，迪阿娜感觉到丈夫一身的紧张。

"他们肩上背着枪呢。"她说。

"是的。"他有点轻松地说，头并没有离开玻璃，看得出来，他的眼睛在寻找另外一点什么东西，山民们离他们不超过二十步远。

"看！"他终于喊了出来，使劲抓了一下迪阿娜的肩膀，接着说，"看，右边衣袖上有黑丝带，看见了吗？"

"看见了，看见了。"她说道。

"这又是一个带有死亡标记的人。看，还有第三个。"

他高兴得连气都喘不匀了。

"多么可怕啊！"她无意地脱口而出。

"什么?"

"我是想说,这是多么美丽,同时又是多么可怕的事情。"

"是这样,这是一种可怕的美丽,一种美丽的可怕,随你怎么说。"

他突然向她转过身去,眼睛里闪烁出一种奇异的光芒,似乎对妻子说:这一切事情你都不相信。可是,实情是她从来就没有表达过这样一种怀疑。

马车把山民们甩在了后头,贝西安倚坐在座位上,脸上带着一种逗人玩的微笑。

"我们现在正向阴曹地府靠近。"他说,似乎是自言自语,"在那里,死亡的法规占了生命法规的上风。"

"那么怎么区分开那些有义务为杀戮而去复仇的人和被复仇的对象这两种人呢?"她问道,"黑丝带对所有的人来说都是一样的,是不是?"

"对,黑丝带是一样的,死亡的标记无论是对想要杀人的人,还是对那些被杀的人都是一样的。"

"好可怕哟!"她说。

"世界上任何地方也没有这样一个国家,在那里,在路上你能够碰上在自己身上带着死亡记号的人群,如同树林里刻有砍伐标记的树木一样。"

她温柔地看着他,而他的双眼却从里面燃烧起那样一种在一次疲惫的等待之后才有的火光。现在,山民们提着那些可笑的破伞,后腰上压着用陈旧的袋子装着的玉米,朝前走着,看上去似乎从来就没有生存于世。

"瞧瞧,又有一些山民。"他说。

这一回,是她先看见了一个人衣袖上的黑丝带。

"是的。现在我可以说我们真正进入了死亡的王国了。"贝西安说道,一直没让眼睛离开车窗的玻璃。外面,牛毛细雨还在不停地下着,好像是雨和雾混合在一起了。

迪阿娜·沃尔普西无意地深深地叹了一口气。

"是的。"他说道,"我们像尤里西斯一样,已经进入了死亡的王国了,不过,尤里西斯是往下走到达那里的,我们却是往上攀登。"

她目不转睛地听着,他把额头贴在玻璃上,玻璃被呼出的口气弄得全都模糊不清了。玻璃外面,世界似乎完全变了样儿。

"他们衣袖上戴着黑丝带在路上四处游荡,仿佛是雾中的幽灵。"他说道。

她一言不发,目瞪口呆地听着他说话。在出发旅行之前,所有这一切,他们已经交谈过不知多少次了。可是,这会儿,他的话语发出了一种新的腔调。在他们后面,如同一部电影字幕后边的一个个镜头展示的画面一般,风景显得更加阴郁暗淡了。她想问一下,他们是否还能在路上遇见像他以前讲到过的头上蒙着白巾的人。但是,有点东西阻止她提出这个问题。也许这是一种天真可笑的恐惧,因为提出这个问题,那些人就不见了,这是她不情愿的。

现在,马车已经离开很远,村庄已经看不见了。唯独教堂的十字架在地平线的一角慢慢地摇晃,稍微有点偏斜,就像墓地里的那些十字架那样。即使那天空,似乎也下沉了一点儿,这跟坟墓的土下沉是一个道理。

"瞧,一堆石头。"他用手指着路旁说道。

为了看得更清楚,她伸长了身子往外看,一堆石头出现在眼前,比一般石头的颜色稍微浅一些。石头似乎是不经心地一块块垒在一起的。她觉得,如果不是雨天,它们就不会那么伤心。她把这一想法告诉了他,可是,他只是微微一笑,点头表示反对这一想法。

"石头堆永远都是伤心痛苦的。"他说道,"甚至周围的景色越优美,它们就显得越沉痛。"

"也许是这样。"她回应说。

"我见过各种各样的坟墓和墓地,上面有花样繁多的标记和符号。"他继续说,"不过,没有比我们山民们垒起来的简单的石堆更正宗的坟墓,那简单的石堆就建在一个人被打死的地方,那个地方是不可能建造人们所说的那种坟墓的。"

"是的。"她说道,"它的外貌实在是太叫人痛心了。"

"连名字也是那么惨,赤裸裸的,硬邦邦的,只有疼痛之感,无任何温婉的意思。石头堆,这个词儿多难听啊!你说是不是?"

她摇头表示"是的",然后又叹了一口气。他讲的话让自己精神大振,重新活跃起来,继续把话讲下去,谈北方生活的荒诞和死亡的现实,谈北方人,或给予肯定性的评价,或降低对他们的估算,这主要取决于他们与死亡的关系。还谈到一个婴儿出生时山民们发出的可怕的祝贺:祝愿他长命百岁并死在枪下。这就是说,因为疾病或年老而死，对于山区里的人来说，是一种羞耻的事情。最后，还谈了山民的人生目的。山民一生没有别的目标，只是一心积累尽量多的荣誉，像攒钱那样，累积足够的荣誉，死后给他立一座纪念碑。

"我听过一些关于被杀死的人的歌曲。"她说，"它们就像他们那些用石头垒起来的坟一样。"

"是这样，它们就像一堆石头重压在我的身上。真是如此，歌曲和石头堆成的坟都是按照同一种观念建构起来的。"

迪阿娜·沃尔普西又艰难地叹息了一声，一种难解的谜团不时地纠结着她的心。他好像感觉到了她心里形成的黑洞，于是，马上跟她说，但是，这一切无疑是悲惨的，同时又是庄严、令人肃然起敬的。他竭力对她解释，死亡的内涵能给我们北方人的生活一点永恒的东西，因为这种无穷无尽、无边无涯的内涵能帮助他们凌驾于琐碎的小事和生活中毫无意义的思想之上。

"用死亡的尺码来计量生命的日数，这首先是一种馈赠，你说是不是？"他说道。

她微微一笑，耸了一下肩膀。

"法典就是这样的，特别是它关于杀人复仇的那一部分内容更是如此。"贝西安接着说道，"你想起来了吗？"

"是的。"她说，"我记得很清楚。"

"那是一部真正的关于死亡的宪法。"他说道。突然向她转过身子，"关于它以及一切事情，人们谈论得很多了，但是，不管它有多么凶残无情，我依然对一件事情坚信不疑：它是地球上诞生的最有纪念价值的宪法之一,我们阿尔巴尼亚人应该为我们制定出这部宪法而感到自豪。"

看样子,他是期盼她能说点什么,或者拥护或者反对,然而,她竟然没说一句话,只有她的一双眼睛依然一如既往温柔亲昵、一动不动地瞅着他的一双眼睛。

"是的,我们真的应该感到自豪。"他继续说,"拉弗什乃是欧洲一个单独的区域,作为一个现代国家的一部分,我要重复说,作为一个欧洲现代国家的一部分,而不是一个原始部落的栖居地,它抛弃了一切法律、法律机构、警察、法庭,一句话,它抛弃了国家的全部组织机构;抛弃了,你懂我的意思吗?它从前曾经拥有过和抛弃过一切,以便用其他的法律将它们取而代之。这些法律和道德规则是那样完备,以至于迫使外国占领者的政府部门和后来获得了独立的阿尔巴尼亚政府部门承认了那些规则。这样,就将拉弗什这个王国的几乎一半的地方置于国家的监控之外了。"

迪阿娜的目光时而盯着她丈夫搐动的嘴唇,时而又跟踪他的眼睛。

"这段历史太古老了。"他继续讲下去,"因为还是颂诗中的康士坦丁为了恪守立下的讲诚信的誓言,从坟墓中挺身而起爬出来的时候,它就开始成型了。你在学校读那首颂诗时,有没有想过,颂诗里面所提到的诚信,就是这一建筑的基石的首批石头之一,它们是多么的可怕,同时又是多么的庄严。因为法典不单单是宪法。"他接着满腔热情地讲下去,"它是以宪法的形式写成的一部伟大的神话,是世界性的财富,在它之前的《汉谟拉比法典》,或者更遥远的地方的那些法律都是什么啊，简直就像儿童玩具一样。你明白我的意思吗？因此，对于它不能问是好还是坏，如同小孩子问事那样。恰似每件庄严的事物，法典是远远凌驾于好或恶之上的。它还远远超越……"

这一侮辱让她感到脸上火辣辣的，脸色也变红了。一个月之前正是她提出了这样一个问题：法典是好还是坏？于是，他便对她微微一笑，一句话也没说。可现在……

"不需要讲讽刺话。"她打断了谈话，离开原座位，尽量坐到能坐的座位的另一边。

"什么？"

几分钟之后他才明白她的话是什么意思。他哈哈大笑起来，对她发誓说，他无意说任何什么，甚至根本记不得她从前曾提出的问题，最后还请求她千万要原谅才好。

这件小事似乎给马车里带来了一点生气。他们拥抱了一会儿，亲热地互相抚摸头发。然后她打开包，取出小镜子照照脸，看看淡淡的口红是否消失了。她的这些很熟悉的动作伴随着零零碎碎的交谈。他们谈论家庭、他们熟悉的人和地拉那。猛然间，她觉得他们离开地拉那已经很长时间了。当他们重新谈论起法典时，交谈已不再是那么冷冰冰的了，也不像一把古剑的利刃那么尖锐，而是比较自然了。这大概是因为交谈的话题主要是围绕法典中论说日常生活的那些内容的缘故吧。在他们订婚的前夕，他赠给她一本华美版的法典。正是这些部分她读得最不在意，而现在他跟她提起的恰好是这些部分的内容和条文，因此，她很难想起这些事情。

有的时候，他们的思绪又回到首都的街道上，回到他们共同的熟人那里。可是，只要在视野中出现一座磨坊、一群羊，或是一个单独的行人，他就要想起法典中关于这一切的条文。

"法典是囊括一切的。"有一回他说，"经济生活还是道德生活，没有任何一个领域是不被纳入法典之中的。"

渐近中午时，他们遇到了一支参加婚礼的亲戚组成的队伍。他对她解释说，这些人排队行走是按着非常严格的规定办事的，践踏这些规定可能把婚礼变成葬礼。"瞧，那个人是亲戚们的首领。"他说，"那人走在队伍的末尾，是新娘的父亲或兄弟，手里还牵着一匹马。"

迪阿娜把一张脸贴在车窗的玻璃上，姿态优美得很，双眼离不开妇女们的民族服装了。多漂亮啊！噢，多漂亮啊！她一次又一次地自言自语。而他，倚偎在她的身旁，用一种母亲哄婴儿睡觉哼哼儿歌的那种亲昵的音调，在她身边背诵法典中关于参加婚礼的亲戚的一段段条文：结婚的日子从来也不能推迟，亲戚们要去，即使是新娘要死了，他们也要去，哪怕是拽、拖，也要把她弄到新郎的家里。新郎死在家里了，亲戚们也要出发到新娘家里把她娶回来。新娘入家门，死人抬出家。那边在哭喊，这边在歌唱。

亲戚的队伍落在后面了，贝西安和迪阿娜两个人说起"嫁妆匣里的子弹跟你的手真能干"的内容。按照习俗，新娘的家里要给新郎准备一颗子弹，一旦她不忠于爱情，背叛了他，他就可以对她使用这颗子弹。于是，他们二人便笑着说起笑话来：假如她或他践踏了夫妻双方的忠诚誓言怎么办？他们互相揪着耳朵，用训斥的架势逗趣说："你的手可真能干！"

"你真是个孩子。"第一次快乐的高潮过后，贝西安对她说，而她却感觉他不太痛快，因为他们拿法典开玩笑，不过他这么干不是为了别的，只是让她开心。

不能用法典开玩笑，他想起了某人说过的话，可是，刚想到这一点，又从思绪中打消了这一想法。他颇感兴趣地朝车外边看了两三次，欢乐的高潮低落下去，风景已经更换了模样，天空变得更加广阔了，但是，正是这一广阔让他心中受到了更大的压力。而她却觉得看见了一只鸟，而且差点儿喊了出来："一只鸟！"似乎看到了一种温馨的迹象，或者是与那个天空的关系趋向和缓的标记。然而，她看到的不是别的什么东西，而是另外一个在雾霭中略微偏斜了一点的十字架，像第一个十字架一样。她想，在雾霭的深处，应当是圣各济派修道院，再远一点的地方，该是修女们的修道院。

马车带着轻微的有节奏的颠簸继续前进。有时在打盹儿还没睡着，便听见了他的声音，那声音好像是从远处传来的，而且还裹挟着洞穴中的一种喧嚷的声音。他继续对她回忆着法典的各种条文，主要是与日常生活有关系的那些内容。他向她讲述友好待客的规则，从总的方面对她重新讲述如何招待朋友的全部条文。对于阿尔巴尼亚人来说，朋友是神圣不可侵犯的，是任何其他的事不能与他相比的。"你记得法典中对家下的定义吗？"他说，"阿尔巴尼亚人的家是属于上帝和朋友的。是属于上帝和朋友的。你懂我说的话吗？所以说，它在成为主人的家之前，是属于朋友的。在阿尔巴尼亚人的生活中，朋友在伦理道德的范畴里是最高的级别。"他继续说,"它要比与杀人复仇相关联的事情高尚得多。杀父和杀子之仇都能谅解,但是,杀友之仇却永远不能谅解。"

他反反复复地讲述友好待客的规则,可是她还像原来那样处于似睡非睡的状态,觉得古老的条文就像一部机器生了锈的齿轮转动似的,发出嘎吱嘎吱的刺耳的声音,从和平的日常生活部分正向法典的死亡部分靠近。不管他如何围绕关于法典的交谈打圈圈,谈话还是要把你带回原处。瞧瞧吧,这会儿,他用洞穴里传出的回声腔调,给她讲述一个法典的典型事件。她继续闭着眼睛,尽力让自己处于似睡非睡的状态,因为她觉得只有这个样子,他的声音才能继续保持从远处传来的回声的特色。他的那种声音告诉她,曾经有一位行路者,在太阳落山的时光,单独一人行走在山脚下。行路人欠下一笔血债。提防复仇者追杀已经有些时间了。在公路上,在黄昏的时刻,一种焦躁的心情和一种不祥的预感攫取了他。四周是一片寸草不长的荒野,没有人家,没有活人,没有作为朋友可以投奔住宿和交出一切的地方。只有一群山羊,可是,羊群连放牧的人也没有。于是,此人为了给自己壮壮胆,即使稍壮一点也好,或许是为了避免毫无踪迹地结束生命,三次大声地喊了牧羊人,但没有回应的声音。于是,他便向戴着铃铛的公羊喊道:"喂,戴铃铛的公羊,告诉你的主人,如果我出了事,没有越过丘陵口,他要知道,我是被杀死的,我说朋友。"好像他事先已经知道了将要出什么事情似的,再往前走了很少几步,他就被人打死了。

迪阿娜睁开了眼睛。

"后来呢?"她问道,"接下来发生了什么事?"

贝西安·沃尔普西痛苦地微微一笑。

"另一个牧羊人，离那群羊不算太远的牧羊人听到了牺牲者最后的话，并且告诉了那个本该听到喊话的牧羊人，后者挺身而起，虽然不认识这个牺牲者，没有见过他，甚至从来都没听说过他的名字。他扔下羊群、家庭和其他一切活计，去给那个陌生的为恪守诚信而遭杀害的朋友复仇。这样一来，他就被缠进复仇流血的乱线团里了。"

"多可怕啊！"迪阿娜说，"这是荒谬的。这是带有宿命色彩的。"

"这是真实的。"他说，"也是可怕的、荒谬的、带有宿命色彩的，就像所有重大的事情一样。"

"就像所有重大的事情一样。"她重复说，重新又蜷缩到自己坐的那个角落里。她觉得身上发冷，全神贯注、目瞪口呆地凝视两座山之中零碎的空间，仿佛是要在如同斯芬克司①杂七杂八的身子一般零乱的空间里寻找到这一谜团的答案。

"因为对阿尔巴尼亚人来说，朋友就是半个上帝。"贝西安·沃尔普西说，似乎他已经感觉到了她未提出来的问题。

迪阿娜半闭着眼睛，摆出一种样子不让他的话那么直白地传到她的耳朵里。他把声音又压低了一点，像原来那样，声音又重新得到了比她期待的快得多的回声。

"因为，有人曾经听说过，"他说，"许多国家的人为上帝储备

---

① Sfinks，希腊神话中人面狮身的女怪。传说她常叫路人猜谜，路人猜不着者即遭杀害。

了山岭，而我们的山民们因为自己就居住在群山之中，所以他们被迫采取行动，要么把上帝驱逐出去，要么根据自己的情况去适应他们，以便与他们混合地生活在一起。迪阿娜，你懂我的话吗？这样，就能解释拉弗什这个世界一半是现实的，一半是幻想的真谛了，这同样也可以解释'朋友'是那种半个上帝的理念是如何形成的。"

他沉默了片刻，谁晓得是为什么，他倾身去听车轮与石头摩擦发出的喧闹声。

"朋友真的就是半个上帝。"过了一会儿，他接着说，"事实是，每个普通的人都可以骤然间提升到朋友的高度，这对他没有什么损害，恰恰相反，反倒会更加增强他的尊严。事实是，这一尊严的获得是突然的、偶然的，一夜之内便可实现。只要在大门上敲一声，而且要敲得最为真切就够了。在那一时刻，一个最平常的脚上穿着山民鞋，肩膀上挎着背包的行路人，只要在门上敲一敲，成了客人，一秒钟之内他就会变成一个非凡的人，一个神圣不可冒犯的封建君主国的国王，一个立法者和世界之光。这种演变的突发性，必然是恰好符合上帝的口味的。古希腊人的诸神不都是突然间以不可预见的方式现身的吗？朋友就是以这种方式在阿尔巴尼亚人的大门前出现的。跟所有的神一样，他也是满带谜团，直接从命运或宿命之国来的，你想怎么称呼就怎么称呼。他的敲门是这样重要，以至于可以让人类世世代代延续生存下来或者从这个世界上消亡，其原因就是敲门。这就是朋友的意义。"

"这真是可怕，骇人听闻。"她说道。

他摆出一副仿佛没听到什么的样子,只是笑,不过,那是一种冷冰冰的笑,一种远离一次交谈内容的笑。

"因此,对阿尔巴尼亚人来说,被诚信保护的朋友遭受杀害是最大的不幸。"他接着说,"是世界真正的末日。"

她望着玻璃外面的景色,觉得在世界上很难找到一个能比这些崇山峻岭更适合想象世界末日的地方。

"几年前,在这附近发生了一个事件,让除了山民之外的任何人都感到惊讶。"贝西安·沃尔普西说道,把一只手搭在迪阿娜的肩头上。她觉得他的手比哪一次都重。"是的,这真的是一个让人震惊的事件。"

他为什么不说了?她在自问。当她觉得过了好大一会儿,他还不开始往下讲任何事情,便产生了这样的疑问。真实的情况是,连她自己也弄不明白究竟是想听还是不想听另外一个令人惊讶的事件。

"发生了一件杀人的事情。"突然他又接着说起来,"人不是被伏击打死的,而是在市场中间丧的命。"

迪阿娜斜视着他的嘴角,为了措好词造好句子嘴角在活动着。他讲杀人的事情发生在一天的中午,在市场的喧闹声中。牺牲者的兄弟们也在那里,在追踪凶手。因为凶杀过后最初的几个小时,信守承诺的诚信协议还没被提出来签订,可以立即报仇雪恨。凶手跑得快,顿时逃脱了追踪。可是,与此同时,死者整个家族的人全都闻风而起,在四处寻找他。天色黑了下来,凶手到了另外一个村子里。可是,他对这个地方不熟悉,生怕自己被发现,于是便敲了第一扇大门，主人来到他的面前，他请求诚信保护。根据民俗，这家主人接待了他，给予这个陌生人以承诺，答应保护他。

"你能想到在这个凶手成了朋友的地方是一户什么人家吗？"贝西安问道，嘴离她的脖子很近。

迪阿娜猛然回过头来，眼睛瞪得很大，一动也不动地望着他。

"正是被他杀死的那个人的家。"

"噢！"她说，"好像我也这么想了。那后来呢？后来又发生什么事啦？"

贝西安深深地吸了一口气。他说，一开始任何一方都没想到事情的真相竟然会是这样。杀人的凶手明白了他进屋成了朋友的人家，刚刚发生了一件不幸的事情，但是，怎么也没想到不幸之事的肇事者，正是他自己。从事件的另一方来说，这家的主人尽管丧失了儿子很痛苦，可是他还是按照习俗招待了朋友，虽然他明白这个朋友刚刚杀死了某个人，而且在被追杀中。不过，他并不知道，被这个人杀死的人正是他的儿子。

"就这样，他们便在炉旁一起吃面包，喝咖啡。按照习俗，死者被放置在另一个屋子里。"

迪阿娜开口想说点什么，但是，觉得开口的话，无非就是重复"荒谬"和"命中注定"这些词，所以什么都没说。

"夜里很晚的时候，死者的弟兄们由于追杀凶手累得筋疲力尽，因此，便有气无力地回到石楼里。"贝西安继续说下去，"弟兄们一进门就看到坐在火炉旁边的朋友，他们认出了这个朋友，原来他就是杀人的凶手。"

贝西安把脸转向妻子,想看看他的话产生的效果。

"别害怕。"他说,"没发生任何事情。"

"怎么?!"

"是的,什么事情也没发生。一开始,弟兄们在气头上发怒了,掏出了武器,可是,仅仅是老头(他们的父亲)的一句话就阻止了他们,让他们刹那间就温和下来了。我相信你能想得到那是一句什么话。"他接着说。

她非常痛苦地摇了摇头。

"'他是朋友,不要碰他。'这些就是老头说的话。"

"那后来呢?"她问道,"后来又出了什么事?"

"后来他们就和敌人同时也是朋友待在一起,习俗是这样要求的。他们和他聊天,安排他睡觉过夜。第二天早晨,还安全无恙地护送他到了村界。"

迪阿娜把两个手指放在眉心上,似乎要从上面拿下点什么。

"这就是他们关于朋友的概念。"

贝西安在两次沉默中间说了这句话,犹如在空旷的空间放置了一点东西吸引人的眼球一样。他等着迪阿娜像第一次那样说一声"太可怕了",或者说点别的什么话,然而,她什么也没说,只是把手指继续放在额头中间的眉心上,好像是怎么也找不到想要拿掉的一点什么东西。

从车窗外面传来几匹马轻微的喘气声和马车夫一次次的口哨声。同这些声音搅和在一起,迪阿娜·沃尔普西还听到了她丈夫的声音。谁知道为什么,那声音重新又变得低沉而缓慢。

"现在，问题来了：阿尔巴尼亚人为什么对朋友制定了这样的制度？"他说道。

他一边说着，一边把头很近地靠在她的肩膀旁边，似乎想从她那里找到对所有这些问题或者对他所提出的推测的一种想法，尽管他讲话的节奏没有给她留下一点插话的余地。他继续发问（不知是问自己，还是问迪阿娜，或者是问别的什么人，真叫人不可思议），他继续提出问题：是什么原因促使阿尔巴尼亚人制定出关于朋友的制度，把它提高到人类一切关系之上，甚至把它看得比报仇雪恨还重要？

"答案也许应当到这一制度本身的民主性上去寻找。"他分析事情的原因，"任何一个普通人，在每个平常的白天或者晚上，都能提升到朋友的崇高地位。这就是说，通往神灵的道路在任何时候对任何人都是畅通的。迪阿娜，你说是吗？"

"是的。"她非常温柔地说，没有把手从额头上挪开。

他在座位上活动着，似乎是在寻找让身体更为舒适的姿势，同时也是要找到合适的话语说出自己想要表达的意思。

"任何人都能获得朋友的权杖，"贝西安接着说，"对于阿尔巴尼亚人来说，既然朋友的权杖高于国王的权杖，那么，在充满危险和艰难的阿尔巴尼亚人的生活中，我们为什么不能考虑成为朋友？哪怕是二十四小时或四小时，那也是一种歇息、一种忘却、一种休战、一种期限的延缓，为什么不是一种远离日常生活走向美妙非凡的现实？"

他静下来不说话了，好像在等待她说点什么，而她觉得是应该对他有所回应，但觉得把头重新倚偎在他的肩膀上要比说话容易，因此还是默默地坐着不讲话。

妻子头发的熟悉的香味，让他一时浮想联翩，正像绿色比其他任何东西都能更好地给人以春天的理念，冰雪给人以冬天的联想一样，即浓密的栗色的头发甩在他的肩膀上，给他一种十分欣喜的幸福感。他是一个幸福之人的这一想法，在他苍白的意识里，在车上的天鹅绒中间熠熠闪光；马车使这一想法疲惫不堪，显露出奢华物品掩藏的秘密。

"迪阿娜，你累吗？"他问道。

"有点累，贝西安。"

他把自己的一个胳膊搭在她的肩上，把她轻轻地拉进怀里，闻着淡淡的令他心满意足的香味；这幽雅的香味是她这个刚刚完婚的女人的胴体像每件珍品一般很爱惜地给予他的。

"再稍过一会儿我们就将到了。"

他没把胳膊从她身上挪开，把头低向车窗的玻璃，以便观赏外边的景色。

"再过一小时，顶多一个半小时，我们就到了。"他又重复地说道。

窗外边现出鳞次栉比的群山，三月的午后，到处都下着绵绵的细雨。

"这一带是什么地方？"

他望着外面，但没有回答她的话，仅仅耸耸肩膀，代替答话：我不知道。她又回想起出发前的日子（那些日子，现在她觉得不是被这个三月,而是被另外一个三月给斩断了,它离得十分遥远,宛如星辰),那些日子充满了欢声笑语、开心的笑话、害怕和嫉妒。阿德里安·古马把他们的举动称作"他们的北方历险"。这个阿德里安·古马,贝西安和迪阿娜两个人是在邮电局给一个将在北方接待他们的朋友发电报时见到的。"是给拉弗什高原的一个居民的一份电报?"他喊道,"这就好像你力图给鸟儿或给霹雳发一份电报一样。"于是他们三个人一起大笑起来,开玩笑间,阿德里安·古马继续说:"在那里,你真的有认识的人?请原谅我,我不能相信。"

"再过上一会儿我们就到了。"贝西安第三次说道,朝车窗的玻璃哈下腰来。她感到奇怪,他是怎么懂得他们正在靠近他们的目的地的?这条路上既没有路牌子,也没有记程石,不知他是如何推算。而他却在想,彼此交谈友好待客和朋友不是偶然的。他们恰好适时地与黄昏降临同时靠近了石楼。当晚他们将在这里住宿。

"稍过些时候,今天晚上我们也将戴上朋友的花环。"他喃喃自语,用嘴唇碰了一下她的右脸颊。她向他转过头来。虽然像私下接触时那样呼吸紧张地加快了,她还是没有别的行动,只是用一声叹息收了场。

"你怎么了?"他对她说。

"什么事情也没有。"她平静地说,"我只是有点担心。"

"真的吗?"他笑着说,"怎么可能呢?"

"不知道。"

他点头了片刻，似乎笑声成了他面前的一根火柴的火苗，他尽力要把它熄灭。

"那样的话，我来告诉你，迪阿娜，虽然我们处于死亡地区，但你要相信，在你的生活中，你从来没有像今天这样受到如此好的保护，不仅保佑你免受不幸，而且还保证你不受最小的污辱。因为王国的任何一对夫妇都不曾有过这样最忠诚、最勤勉的卫士，他们忠于职守地保护着我们的现在和未来，今天晚上我们就将有这样的卫士。此事能不给你一种安全感吗？"

"我要说的不是那些。"迪阿娜一边说，一边在座位上活动着身子，"我有另外一种担心，连我自己都不知道怎么说，你刚刚谈到了神、命运和宿命。这一切都是美好的，但是，同时它们也让你感到害怕，我不想给任何人造成不幸。"

"噢，"他高兴地说，"像每个君王一样，花环既能吸引你，也能叫你感到恐惧。但是，我觉得这是可以理解的，因为归根到底，每一个花环自身既是光辉灿烂的，也是有毒的。"

"够了，我说贝西安。"她温柔地说，"你不要讥笑我。"

"我不讥笑人。"他用一种漫不经心的愉快的腔调说道，"像你一样，我也有同样的感觉。朋友、诚信、复仇流血好像是古典悲剧中的那些神明，你若进入它们的机制，那就意味着你承认了悲剧的可能性。但是，我们不需要为此恐惧不安，我说迪阿娜。清晨，我们将摘下花环，以释重负，休息一下，直到另一个晚上。"

他感觉到她的十个手指头在他的脖子上轻轻地摩挲，于是她便把头枕在他的头发上面。在那里，我们怎么睡觉呢？她自言自语：

一起睡,还是分开单独睡?但是开口说出的话却是:

"还有很远吗?"

贝西安·沃尔普西把马车门稍微打开了一点儿,要问一问车夫究竟还有多远。他们几乎忘记了他的存在。车夫的答话伴随着一股逼人的寒气进入了车里。

"我们正在向目的地靠近。"贝西安说道。

"好家伙,有多冷啊!"她说道。

车外面,截止到这时候为止好像还是永远没完没了的下午,这会儿,终于露出了离去的最早的迹象。几匹马粗声粗气的喘息声,这会儿听起来更浓重了,迪阿娜想象着从马的嘴里喷出的白沫是个什么样子。这时候,它们正拉着马车向陌生的石楼奔去,他们将要在这里暂住一些时候。

当马车停下来,他们下了车的时候,天色还没有完全黑。经过长时间的旅行颠簸,世界万物显得完全变聋变僵了。车夫用手指着耸立在路边的许多石楼中的一座让他们夫妻看。可是,因为腿脚发麻,他们走不了路,心中画了个奇怪的问号:照这样他们将如何一直走到那里?

夫妻二人绕着马车转悠了一会儿,然后钻进车里又下来,一次拿下来旅行包,一次拿下来手提箱,最后终于朝着石楼的方向走去。这是一个奇特的队伍,他们夫妻俩臂挽臂走在前边,车夫手拎着皮箱跟在他们后边。

当他们走近石楼的时候,贝西安放开了妻子的胳膊,迈着在她看来完全不自信的步子,朝着这座石头建筑物前边走去。窄窄的房门关闭着，所有的窗户都毫无生命的气息，霎时间，一个问题闪电般地出现在她的脑海里：他们接到了我们的电报没有？

这时候，贝西安在石楼旁边停下了。他抬起头来，看样子是要按照习俗喊人。"喂！家中的主人，接待朋友吗？"在其他场合，迪阿娜看到丈夫扮演一个山民客人的角色，那是要开怀大笑的，但是，现在不同，有点什么事情阻止了她这样做。也许是石楼的阴影在她的肺脏上面加大了重量（老人们说，石头会投下重重的阴影）。

贝西安·沃尔普西第二次抬起头，突然，她觉得在正要对着大声叫喊的有着上千年历史的冷冰冰的墙脚下边，他的身体是那么矮小而无助。

早已经过半夜了，但是，迪阿娜一直没有睡着。在两张羊毛毯子下面，她翻过来掉过去，不停地折腾着，时而觉得热，时而又觉得冷。主人为她在石楼二层的地板上安排了一张床铺，挨着媳妇们和姑娘们；贝西安被安排在第三层，住在朋友房里，肯定他也没睡着。

石楼底下，在二层的地板下面，传出一头公牛的叫声，开始听到这种声音时，她感到害怕，可是睡在她旁边的一个媳妇小声地告诉她："别害怕，那是黑犍牛的叫声。"她想起从前上动物课时曾学过，母牛白天吃的食物，夜里要进行反刍。想到这一点，她心里平静下来了。然而，这也没有帮助她睡着觉。

在她的脑海中，杂乱无章。信马由缰地激荡着先前或者几小时之前听到过的所有零零碎碎的想法和交谈的内容。有一次，她觉得失眠的原因正是那些乱七八糟的碰撞和激荡，所以她努力把那些零乱无序的内容调理得顺当些，系统些。但这是很难做到的。刚刚把杂乱的想法理成一条线，另一条线又一时凶狂起来，离开了自己的轨道。有那么一会儿，她尽力让心思都集中到他们的旅行计划上，就像出发之前贝西安跟她讲解的那样。她开始算计将要在北方山区逗留的天数、临时住宿的各种石楼，其中有几座对她来说是完全陌生的，比如说奥罗什石楼就是一座，明天晚上他们就要住在那里，而且北方的拉弗什神秘的首席长官还要在那里接见他们。迪阿娜想弄清楚，他们夫妻俩和所有的行囊如何到达那里，但是，正是想到此处思绪又乱套了。她把手放到太阳穴上，好像是想要减慢它们快速的跳动。她觉得，太阳穴快速的跳动与大脑紧张的活动有关系。但是，过了一阵子，她觉得强迫它们不快跳，反倒增加了思维的混乱，因此便把手拿离了太阳穴，让脑子愿意怎么想就怎么想去吧。但是，这是难以忍受的。"不管如何我也要想一点正规的事儿。"她对自己说。于是，她开始回忆几小时之前在朋友的房间里谈论的一切内容。"我要把一切都重新想一下，就像下面畜舍里的公牛反刍那样。"她想，"贝西安一定会很喜欢这样一个比喻。"在上面的朋友房里，他对她表现出足够的爱恋之情。他事先取得了这家主人的允许，把一切事情都对她做了讲解。因为在朋友房里，或者用另外的说法，在男人房里，是不允许低声细语或者贴身说悄悄话的。正如贝西安所阐释的，在那里只讲"男人的话"，不允许讲流言蜚语，不许有不完整的句子或不成形的想法。每次交谈都用这样的遣词造句来表达:"你说得好。"或者"你的嘴可真会说。"竖起耳朵,听听他们说的都是些什么。贝西安小声说。她用心听了交谈,事情果然如此,正如他所讲的那样。因为阿尔巴尼亚人的家是一座堡垒,在字面上具有真正的意义,他解释说,因为家庭内部的构建是按照法典进行的,让你回想起国家的一个小型建筑,所以,阿尔巴尼亚人的交谈便需具有国家集权主义的风格,就是可以理解的了。后来,在用晚餐的过程中,贝西安又回到了关于朋友和友好待客的时尚的交谈中。他对迪阿娜解释说,"朋友"现象如同每一种伟大的现象一样,具有高尚的一面,同时也有其荒谬的一面。他还说,今天晚上我们在这里,好像神明一般强悍无比,我们可以干任何疯狂的事情,甚至可以杀死某个人。所有这一切,都由这家的主人承担罪责,因为他给了我们面包(竟然找到了面包,真是见鬼,法典是这么说的),但是,尽管如此,对我们,对神明,也是有个界线的。你知道界线是什么吗?我们是神明,什么事情都可以干,甚至可以杀人,但是也不能过线,有两件事情是不允许我们干的:第一件事情是用小面包块擦盘子;触摸火炉旁泥钵的耳朵。迪阿娜竭力控制住自己没笑出来。"这是滑稽可笑的。"她小声地嘟囔道,"超过了滑稽可笑。""是这样。"他回应妻子的话,"但是,这是真的。如果今天晚上我干出这样的一件事情,这家的主人就将火上头顶,立刻挺身而起,走到窗户旁边,惊恐万状、声嘶力竭地对全村人通告,说他的餐桌被朋友侮辱了。就在那一瞬间,朋友就变成了死敌。""为什么?为什么会成这样?"迪阿娜问道。贝西安耸耸肩膀说:"不知道,我不知说什么。也许是伟大的事物内部都有一点儿瑕疵吧。这种瑕疵不会削弱它们的价值,而是让它们更真实。"贝西安如此说道,而她却斜眼把四周环视了一下,有两三次想说:"真的,这些事物确实是伟大而庄严的,但是,不能让它们再增加一点清洁度吗?说到底,一个女人要能和山间仙女相比,那第一个条件就应当有一间 salle de bain①,你说是不?"但是,迪阿娜当时没有把这些话说出口,这并不是她没有勇气,而是因为遗憾,为了不破坏他的幻想。实情是,这些是罕见的她已经考虑好了但没有说出口的话。总的来说,凡是心中想好要说的话,她是都要说出来的,这一点他是知道的,因此,如果有时她干出某一件伤害他的事,他从来都不介意,因为归根到底这是为她的真诚付出的代价。

迪阿娜辗转反侧,又换了个姿势,也许翻身一百次了。一大堆杂乱零散的想法在她的脑子里碰撞,不是在她倒下睡觉的时候,而是在那里,在客房里就开始了。尽管她努力要把听到的话都听进去,但是,就是在那里,她的思想已经开始四处乱飞了。这时候,传来哞哞的牛叫声(她第二次对自己笑了笑),她觉得睡不好觉,时而正要睡着被惊醒,时而是地板的嘎吱声或皮肤被刺激一下将睡意给赶走。有一次她叹息道:"你为什么把我带到这儿来了?"对自己的叫喊感到很吃惊。因为她仍然还清醒,能够听到自己的声音,虽然不是太明白话语的意思。这会儿,梦幻在她面前展现出清晨的荒野,荒野中间布满了无论如何也不应该用小面包块擦

----

① 法文,浴室。

干净的盘子，而她正是干了不该干的事情。她把手伸向盘子，因此，所有的东西都悲哀地咣当咣当地晃荡起来。

这是一种折磨，她想，因此睁开了眼睛。在她面前，在暗淡的墙壁中间看出一个闪耀着微弱的光芒的女演员。她被强烈地吸引住了，把目光盯在这张美人图上有很长时间。这么美的一个方形图片原来在哪儿？她为什么早没注意到呢？外面，看得出来，天在放亮，迪阿娜没办法把目光从窄窄的窗户上移开。在房间里痛苦不安的夜色中，那一点点尚还显得淡薄的曙光，好似一封得救的贺信一样。迪阿娜觉得，在这封贺信安谧的效应下，她正在从焦急不安的境域中迅速地获得解放。在那个光线灰蒙蒙的方形窗户上，聚集了许多个早晨，否则对于夜晚的恐吓它就绝不会那么清醒，那么安宁，那么冷淡。在它的参与下，迪阿娜迅速地进入了梦乡。

马车又重新行驶在一条山路上，天色灰蒙蒙的，地平线之内一切沉闷不响，仿佛像聋哑人一样，消失在遥远的阿尔卑斯山的群岭之中。陪送贝西安、迪阿娜的人刚一回去，这夫妻俩便脸上带着过夜后的倦容，摘下了朋友的花环，又坐在了铺着天鹅绒的座位上。

"睡得怎么样？"他问她，"睡着了吗？"

"不好也不坏，马马虎虎，快到早晨时才睡着。"

"我也是这样，几乎就没睡。"

"可想而知。"

贝西安拉起她的一只手，放在他的手里。这是他们结婚以后第一夜分开睡，他麻利地用斜眼从侧面瞥了她一下。迪阿娜的脸色显得挺苍白。他想拥抱她，可是，因为有点怕，所以没有贸然行事。

他把目光在马车小小的窗户上停留了片刻，然后头也不回，再一次偷偷地打量了一下妻子的侧身。他觉得她的脸色不仅是苍白，更多的是流露出冷淡的神情。她的手僵硬呆板地被握在他的手中。他心里问："你怎么了？"但并没有开口说出一个字。一个软弱无力的警报潜藏在深处，深深地潜藏在他的内心里。

也许说"冷淡"太过分了，更多的是一种躲避，或者说是一种疏远的第一阶段，很难使用那样的一个词。

马车很有节奏地颠簸着，他在想，也许是这两种情况都不存在，既不是躲避，也不是疏远。他对自己说，肯定任何一种情况都不是。一件比较简单的事儿，很简单地保持恰当的距离，或者说像星球之间都有一定的距离一样，这难以叫出个什么。归根结底，每个人都有其吸引人的秘密。上腭有适当的软硬程度，经常有所变化。有些时间了，迪阿娜的性情恰如软硬适度的软腭那样恰到好处，所以贝西安早已适应了她的亲近和善解人意，因此，这天早晨迪阿娜有点反常的样子便给他留下了稍有刺激的印象。

灰蒙蒙的天光很有节制地照进马车里，仿佛这点光很不够，再加上天鹅绒的装饰品又吸收了一部分光线，所以马车里就变得更加昏暗了。贝西安·沃尔普西心里琢磨他正在体验经历的第一阶段里自己遭到的失败，当时还没尝出这种失败是个啥滋味，是苦还是甜，因为他认为自己是十分精明聪慧的人，甚至能在别人还在观看胜利的地方，懂得寻找到失败。

他对自己微微地笑了笑，从这一微笑中，他明白了，自己一点也不悲伤。说到底，她肯定注意到了他常常对自己有点远离，既然如此，如果她对他远离一点，那也没有任何坏处，这样，甚至还可以看出她更渴望他。

贝西安控制住了自己，深深地吸了一口气。在他的生活中，其他的日子还要来的，时而是这一个，时而是那一个，短时间地互相猜测，最后，他肯定会重获胜利，收复原来的阵地。

噢，上帝，我失去了怎样的阵地，需要我重新去收复啊？他对自己发笑，因为这种笑没有表现在他皮肤的任何部位上，所以便带着哑默的闹声在内心里翻腾。为了说服他的怀疑是愚蠢的，他第四次偷偷地窥察妻子的脸庞，希望能在这张脸上找到对自己反感的证据，然而，迪阿娜俊俏的脸让贝西安·沃尔普西一无所得。

马车在路旁停了下来，他们已经走了好几个钟头了。他们没有时间去问为什么停下来，却看到车夫下了车，并且走到靠近贝西安那边的窗户跟前。他打开车门，说这里曾经是可以吃午饭的地方。

只有这时候，他们才发现他们是停在了一座尖顶偏斜的建筑物的前面，它应当是一家客栈。

"到奥罗什的石楼还有四五个小时的路。"车夫对贝西安解释说，"为了吃午饭，我不相信能找到另一个地方可去。除此之外，马也需要稍微歇一歇。"

二话没说，贝西安第一个下了车，并且把手伸给她，为的是帮助她也下车。迪阿娜轻轻一跳，落到了地上。她没把手从丈夫的胳膊上拿下来，往客栈那个方向望了望。先到达这里的三四个人从里边出来,特别惊讶地观看新来者。最后走出门的那个人迈着歪扭的步子走到跟前。

"先生们,请吩咐,我们能为你们做点什么吗?"他说道。

立刻就明白了,这是客栈的主人。车夫问他,在他的客栈里能否吃午饭,同时是否还可以给马加些饲料。

"那还用说,那还用说,请进!"客栈主人一边用手指着大门,一边回答道,同时用眼睛指点着一部分墙壁,那里既没有门,也没有另外的进口。"先生们,请进,欢迎你们来到我们这里。"

迪阿娜惊讶地看着他,可是,贝西安小声说:"他是个斜眼儿。"

他们径直向大门走去,客栈主人陪着过路人往外走,时而走在一个人的身旁,时而又走在另一个人身旁。在那肢体歪斜的行动中,除了有热情好客的欢快之外,也夹杂着一定程度的不安情绪。

"我有一个特殊的单间。"他解释说,"虽然房间里的餐桌今天被预订了,但是,我要给你们另外安排一张餐桌。阿里·比纳库和他的助手们已经在这里住三天了。"他满带豪情地补充说,"说什么?是的,是阿里·比纳库,他本人,怎么,你们不认识他吗?"

贝西安耸了耸肩膀。

"你们是从斯库台[①]来的吗?不是?从地拉那来的。噢,自然要乘坐这种马车啦。今晚要在这里过夜吗?"

"不,我们去奥罗什的石楼。"

---

① Shkodër,阿尔巴尼亚北方的重镇,按人口算,是全国第三大城市。

"噢,是这样的,我想是这样。我有两年没见到一辆这样的马车了。你们是亲王家族的人吗?"

"不是。是他的亲戚。"

说完他们便从客栈的大房间穿过,向特殊的单间走去,迪阿娜觉察到了过路客人的目光。客人中的一部分坐在一张长长的挺脏的橡木餐桌旁边吃午饭,另外一些人则坐在黑色的毛织袋子上,待在角落里。其中两三个人直接坐在地上,他们往旁边稍微挪动了一下,以便让贝西安几个人过去。

"因为在这附近划分地界,最近三天我们客栈里有点乱。"

"一次划分地界?"贝西安问道。

"是的。"客栈主人说道,他用一只手推开一扇坏掉一半的破门,接着说,"这就是阿里·比纳库和自己的助手们来到这里的原因。"

就在他低声说话时,刚从地拉那来的人跨过特殊的单间的门槛。

"他们在那里。"客栈主人用头势指了一下屋子里空荡荡的角落。但是,贝西安和迪阿娜两个人已经习惯了他斜视的目光,朝另一个方向望去,他们坐在一张橡木餐桌旁边,不过这张餐桌比大屋子里的餐桌要小一些,也干净一些。他们一共是三个人,正在吃午饭。

"现在我给你们搬一张桌子过来。"客栈主人说完就立刻走了。三个用餐者中的两个人朝过路客人那边望,第三个人继续在用餐,连头都不抬,眼睛一直没离开盘子。外面响起了乱哄哄的喧闹声，时不时地被短暂的重击声所打断。这种喧闹声越来越近，末了，在最后的哀叫和痛骂声中，他们在门口先是看到了两条餐桌腿，然后是客栈主人的一部分身子，稍过片刻，整个桌子和身体歪斜的客栈主人一起都看到了。

客栈主人最后把餐桌放到了地上，然后又去把凳子拿来了。

"请坐，先生。"他一边说，一边把凳子放到餐桌旁边，"请坐，女士，您想吃点什么？"

贝西安问他有什么吃的，迪阿娜说她只要两个红烧鸡蛋和少量的奶酪。客栈主人对每件事情都说："按着您的吩咐去做。"有那么一阵子，在狭窄的单间里四处周旋，迎难而上，既要对新客人服务好，也不能忘记老主顾。一眼就看出来了，他的整个身心都投入到一种非常劳累的工作中。他在两伙杰出的客人当中紧张地忙活，自己也弄不明白，究竟哪伙人更重要些。由于摇摆不定，客栈主人的身体显得更加歪斜了，有时似乎他的一部分肢体想要偏向一伙人，而另外一部分肢体则偏向另外那伙人，把自己分成两部分，为两伙人服务。

"谁知道他们把我们当成了什么人。"迪阿娜说道。

贝西安没有抬头，斜眼注视三个吃午饭的男人。客栈主人哈腰用抹布擦着他们三个人的桌子，很显然，他是在向他们讲有关刚从地拉那来到这儿的几个人的情况。他们当中那个最矮的人，看样子好像没在意听，或者说，他真的就没听。第二个人的眼球呈灰白色，他那肌肉松弛、冷傲的脸，长得还是蛮端正，他神情迷惑地望着客栈主人。第三个人穿着一件花格子夹克衫，一直盯着迪阿娜不放，让人一眼就看明白了，他是喝酒了。

"在什么地方划地界？"客栈主人把红烧鸡蛋给迪阿娜端来的时候，贝西安问道。

"在狼谷口，先生。"客栈主人回答道，"从这里到那儿有半个小时的路程。如果女士想去的话，坐马车花的时间要少一些。"

"咱们去吗，迪阿娜？"贝西安说，"这应该是一件很不寻常的事情。"

"随你的便吧。"她说道。

"为了这些地界发生过旧式格斗吗？"贝西安转身对客栈主人问道，"发生过杀人流血的事吗？"

客栈主人吹了一声口哨。①

"怎么没有啊！先生。就为了皮带宽的那么一条子地，就非要杀人流血不可。巴掌大的那么一块地和一堆石头老早就存在，但具体时间没人记得清楚。"

"咱们肯定要去。"贝西安说道。

"随你的便。"妻子重复说。

"截止到今天为止，阿里·比纳库已经来这里三次了，格斗和流血还是没有终止。"客栈主人接着说道。

这时候，矮个子男人从另一张餐桌旁边站了起来，从他站起来后另外两个人也立刻跟着站起来的情景，贝西安明白了，此人应该是阿里·比纳库。

---

① 阿尔巴尼亚人互相交谈时，对某人、某事表示惊奇、喜悦之情时，常常用打口哨代替说话。

他点头向大家示礼致意,但任何人都不看,第一个走了出去,另外二人紧跟在后面,那个穿花格子夹克衫的人走在最后,用那一双酒后变得红红的眼睛再一次贪婪地朝迪阿娜盯了一眼。

"这是多么叫人恶心的族类。"迪阿娜说道。

贝西安做了个含情脉脉的手势。

"也许不该给他安个什么罪名。"贝西安说,"谁知道他在荒山野岭中转悠多久了,身边也没有女人,没有乐和。从衣着上看,他应该是个城市人。"

"但是,他可是有一双很不干净的眼睛。"迪阿娜说道。她把盘子推到一边,仅仅吃了一个鸡蛋,另一个她没有动。

贝西安喊客栈主人过来结账。

"如果先生和女士希望去狼谷口,那没问题,阿里·比纳库和自己的助手们刚才出发到那里去了。你们可以乘马车跟着他们的马一起去。不然的话,如果你们想有个陪同者的话……"

"我们跟着他们的马一起去。"贝西安说道。

他们往外走的时候,车夫正在大屋子里喝咖啡。一看贝西安和迪阿娜夫妻俩往外走,他立刻站起来,跟在他们的后面,贝西安看了一下手表。

"为了看到一次划地界引起的争端,我们至少得花两个多小时,对不对?"

车夫怀疑地摇了摇头。

"先生,我不知道该怎么说,从这儿到奥罗什路还远着呢。不过,如果您希望……"

"只要傍晚时我们能赶到奥罗什石楼就行。"贝西安继续说，"现在差不多还是中午，我们还有足够的时间。这是一个罕见的机会，不应该丢掉它。"他说完，把身子转向了迪阿娜。

她把大衣的毛领子立了起来，站在一旁，等待着丈夫和车夫作出决定。

十分钟以后，他们的马车赶上了阿里·比纳库小团队的几匹马。阿里·比纳库的人马闪到一边，给贝西安夫妇的马车让路。停下了一会儿，马车夫对他们解释说，因为不熟悉到狼谷口的路，所以马车要跟在他们的马后边走。在整个这段时间里，迪阿娜一直坐在座位的深处，避开那个穿着花格子夹克衫的人的讨厌的目光。此人的马一会儿走在马车的右边，一会儿又走在左边，企图多看迪阿娜几眼。

到狼谷口的路要比客栈主人说的远得多。他们从远处看到了一块开阔的高山平地，在上面走动的人们看上去好像是一个个黑点。这时候，他们在靠近要到达的地方，贝西安·沃尔普西尽力去回忆法典中关于地界的事情是怎么说的。迪阿娜平静地听着。"坟墓里的遗骸和地界的界石是永远不能挪动的。"贝西安说道，"谁要是搞乱了地界，因为这个就要发生流血事件，罪犯要受到全村人的惩处，被大家打死。"

"我们莫非是要去看一次枪决人的场面吗？"迪阿娜忧伤地说，"这也是我们所需要的。"

贝西安微微一笑。

"别害怕，正如人们所说的，因为他们邀请阿里·比纳库前来这里,所以此事就应当以一种和平的方式来解决。"

"阿里·比纳库看来是个非常严肃的人。"迪阿娜说,"而他的一个助手,穿夹克衫、好像小丑的那个人,是那么叫人恶心、讨厌。"

"别理他。"贝西安说。

他的双眼直望前方,看样子他很不耐烦赶往那片高高的平原。

"在地界上安放界石,是一个庄严、隆重的过程。"贝西安说道,目光一直没从远处的地方离开。

"不知道今天我们是否能有幸恰好看到这样一件事情。喂,你看,那里有一堆石头。"

"在哪儿?"

"在那儿,在灌木丛后面,在右边……"

"对,对,是在那儿。"迪阿娜说。

"瞧,又有一堆。"

"是的,是的,我看到了。瞧,稍远一点儿,还有一堆。"

"这是客栈主人跟我们讲的那些石堆。"贝西安说,"这些石堆是作为划分田间或财富的界石用的。"

"还有一处。"迪阿娜说。

"在法典里是这么说的,"贝西安接着往下说,"在为了地界发生争端导致杀人流血的地方堆起石堆,那地方本身就成了地界。"

迪阿娜一直把头抵在窗户的玻璃上。

"成为地界的石堆,是永远不能被任何人移动的。"贝西安继续说,"正如在法典中所说的,地界上有血和抛下的头颅。"

"有多少原因导致死亡啊！"迪阿娜说。她说话时离玻璃非常近，这样，窗户上很快就结了一层水汽，似乎要把她同外边的风光景色隔离开。

三个骑马的人在他们前面停了下来，下了马。马车停在离那几个人几步远的地方。他们下车以后，立刻就感受到所有的人都在注视着他们，他们周围聚集了男人、女人和许多孩子。

"有许多小孩，你看见了吗？"贝西安对迪阿娜说，"确立地界在山民的生活中，是头等重要的事件，把孩子们也全都叫来，这样做的目的是为了让地界永久地留在人们的记忆里。"

他们时断时续地彼此交谈着，因为这样才能显示他们很自然地面对山民们的少见多怪。迪阿娜用眼角斜视年轻的妇女们，她们的黑裙子随着每个动作波浪起伏般地舞动着。所有的人都把头发染成了黑色，剪成统一的式样：刘海儿搭在额头上，直溜溜的头发分在脸颊的两边，让他们想起了剧院舞台上的幕布。妇女们站在远处凝视着刚刚来到这里的一对夫妻，尽力把她们的好奇心掩藏起来。

"你冷吗？"贝西安问妻子。

"有一点儿。"

真实的情况是，高山平原上是寒冷的，阿尔卑斯山系蔚蓝的世界在周围这一带地方似乎把灰蒙蒙的一切变得更加充满了寒意。

"不下雨真是太好了。"贝西安说道。

"雨？！"她惊讶地说。霎时间，她觉得这雨就像阿尔卑斯山冬日里豪华富贵的生活中间有一个不可接受的穷光蛋一样。

在高山平原中间，阿里·比纳库和自己的助手们正在跟一群男人交谈着一点什么事情。

"我们到那儿去。"贝西安说道,"在那儿我们将会知道一点什么。"

他们从分散的人群中间走过,听到了一些零零碎碎的喊喊喳喳的谈话。这些话有些是嘟嘟囔囔说出来的,有些是山区的方言,因此几乎都没听懂。他们听懂的只有"公主"和"国王的妹妹"几个词,整个早晨,迪阿娜第一次想要开怀大笑。

"你听到了吗?"她对贝西安说道,"他们把我当成公主了。"

因为她正在活跃起来,所以他也挺高兴,于是他挽紧了她的胳膊。

"不累了吧?"

"是的。"她对丈夫说道,"这里很美。"

不知不觉地,他们走到了阿里·比纳库一伙人的跟前。他们主动地相互做了介绍。在这群山民们中间,看起来有人正把这两伙新来的人往一起推。贝西安说了自己是谁,从哪儿来的,阿里·比纳库也做了同样的介绍。山民们感到惊讶的是,他们也认识这个全地球著名的人物。他们交谈时,围着他们的人更多了,目不转睛地盯着他们,尤其是盯着迪阿娜不放。

"客栈主人告诉我们,在这片高山平原上,经常发生地界争端。"贝西安说道。

"是的。"阿里·比纳库回答说。他讲话的声音很低,单调乏味,毫无激情。大概这是他作为法典诠释者的工作本身教他学会了如此讲话的结果。"我相信你们已经看到路两边的一个个石堆了。"

贝西安和迪阿娜二人用头势表示：是的。

"在那么多死亡事件之后，事情还是没有解决吗？"迪阿娜说道。

阿里·比纳库稳重地看了看她。同围着他们的人群好奇的目光，尤其是穿花格子夹克衫的那个人（此人自我介绍是测量员）的目光相比，迪阿娜觉得阿里·比纳库的眼睛如同古典雕像的眼睛一样。

"再不会为靠流血确定的地界内的那部分土地发生争吵了。"他说，"地面上的那一部分土地被永远地确定下来了，正是为另外那一部分土地发生争吵。"他用手指了指高原的一个方向。

"那部分土地没有被血浸染吗？"

"正是那一部分，女士。已经有许多许多年了，为了这个牧场，两个村子之间就没有停止过争吵。"

"为了确保地界长久不动，就必须采取杀死人的办法吗？"迪阿娜打断了他的谈话，对于自己的干预，特别是对讲话的腔调，她自己也感到奇怪，因为不难听出来，话音里混合着一种抗议和讽刺的味道。

阿里·比纳库冷淡地微微一笑。

"是的，女士，所以我们才来到这里，为的是阻止死亡发生。"

贝西安以疑惑的神情盯了妻子一眼，似乎要说："你怎么了？"他觉得，在她的眼睛里他看到了一种短暂而陌生的撂挑子的神情。有点着急了，好像是为了要洗刷掉对这个小冲突的记忆，贝西安向阿里·比纳库问了一点事，但他没法集中精神去听回答。

周围所有的人都把目光盯向这个交谈着的小集体，只有几个老头待在一边，坐在几块大石头上，他们对任何事情都漠不关心。

阿里·比纳库慢条斯理地诉说着，只过了一分钟，贝西安恍然大悟了，前面他提出的恰好就是那个问题，也许是不好那么问。说什么杀死人的事儿是地界争端引发的。

"假如遭枪击的人没有倒下，而是在拼命挣扎，走或是倒下了，爬着到了别人的地里，也不管爬进去多远，因为受伤疲惫不堪倒下，死了，那就在死去的地方垒一个石堆，那个石堆尽管在他人的土地上，也依然要永久地保留在那里。"

阿里·比纳库不仅相貌与众不同，就连讲话的遣词造句也有点冷峻别样，超出日常讲话惯例。

"如果两个人同时互相开火射击呢？"贝西安问道。

阿里·比纳库抬起头睁大了眼睛，迪阿娜觉得很少见到个子如此矮小，但权威却不因为个子矮小受到一点损伤的人。

"假如两个人互相开火射击，中间有一定的距离，那么每个人倒下去的地方就是地界，他们中间的地面空间称作无主之地。"

"无主之地，"迪阿娜重复说，"真就像国家之间的边界一样。"

"这就是我们昨天傍晚所谈的，"贝西安说，"不仅在讲话的风格上，而且在拉弗什居民的全部思维和行动上，都有着一点国家集权主义的特征。"

"那没有枪的时代呢？"贝西安问道，"法典比用火当武器的时代更古老，是吗？"

"是的，当然更古老。"

"那么就用石板做地界的标志，是这样吗？"

"是的。"阿里·比纳库说，"在没有枪的时代，人们用搬运石头决定胜负。在两个家庭、两个村子或两个旗之间发生争吵时，双方确定、派出搬运石头的人，谁肩扛石板搬运得最远，谁就是获胜者。"

"那今天要做什么？"贝西安问道。

"今天要重新确认地界。"

阿里·比纳库向分散的人群环视了一圈儿，最后把目光集中到一小伙老人身上。

"从旗里叫来这些年迈的老人，以便让他们确认一下牧场地界旧有的分界线。"

贝西安和迪阿娜把目光转向那一边，在那里，老人们继续坐在一些大块的石头上，恰似那些等待进入角色的演员一样。他们显得那样的年迈，甚而至于有时肯定都忘记了为什么到这儿来了。

"很快就开始吗？"贝西安问道。

阿里·比纳库从坎肩儿的小兜里掏出一块带链儿的怀表看了看。

"是的，"他说道，"相信很快就要开始。"

"我们要待在这儿吗？"贝西安小声地问迪阿娜。

"随你的便。"她回答说。

山民们的目光，尤其是妇女和孩子们的目光，一直跟踪着他们的每个举动。可是,这会儿对此事他们已经习惯了。迪阿娜只是注意避开测量员那喝得半醉的目光。他和另一位助手,后者在客栈时被介绍说是个医生,亦步亦趋地跟随在阿里·比纳库的后头。虽然此人在任何事情上都没听过阿里·比纳库一次指挥,几乎跟他们没有任何工作关系。

从人们不安的前前后后的活动中,顿时察觉到举行仪式的时刻正在来临。阿里·比纳库和自己的助手们刚一离开他们,就从一伙人那里到了另一伙人当中。只有这时,在人们活动起来之后,贝西安和迪阿娜才注意到,旧有的地界的界石一直向远处延伸到高原上。

突然间,在高原上呈现出一派迎宾的气氛。迪阿娜把一只胳膊伸给贝西安,全身偎依在他的怀里,贴紧了他。

"好像是要出事吧?"她说。

"什么?"

"所有的山民都持着枪,你没看见?"

他直瞪瞪地凝视着她,一瞬间,脑子里闪过跟她讲这些话的念头:你只凭着看到一两个打着破伞的山民,就以为可以讥讽拉弗什,现在感到有危险了吧,嗯?可是霎时间他又在思考。其实,关于伞她什么话也没说,一切都是他自己琢磨出来的。

"要发生杀人流血的事吗?"他对她说,"我不相信。"

全体山民真的是武装起来了,高原笼罩在可怕的警报氛围里。有些地方,他们的衣袖上都露出黑丝带,迪阿娜在丈夫的怀前偎依得更紧了。

"很快就将开始。"他说道,眼睛一直盯着年迈的老人不放,他们这会儿都站起来了。

迪阿娜的心里有一种莫名其妙的空虚感。她偶尔朝四周扫上一眼,目光抓住了马车。黑色的马车停在高原边上,有洛可可式的转角和篷顶,装饰着天鹅绒,犹如听音乐会的包厢。她待在一边,在阿尔卑斯山野的背景上,显得完全格格不入。她想摇晃一下贝西安的胳膊,对他说:看着马车,但是,在那一刻,却小声说:

"开始了。"

一伙老人中有个人离开了他们的群体,正在准备去做一件事情。

"我们再靠近一点儿。"贝西安说道。他伸手去拉她的手:"看来,是争执双方选出了这位老人来标记地界。"

老人离开其他人,向前走了几步,然后站在了一块石头和一个新挖出来的土块前面。高原出现了某种静谧的气氛,或者是一种感觉,因为人的叫喊声比山野不停的呼啸声真的要小得多,因此,人的因素没有力量决定静穆或者喧闹。但是,它是能感觉到的。

老人弯下腰,用双手抓住石头,扛到肩膀上,另一个人把那个土块放到他的同一个肩膀上。老人干瘪的长着几块灰斑的脸一动也不动,这时候不知从哪边传来了一种响亮的带着铜器一般轰鸣的回音的叫喊声:

"喂,你要是干得不公正,重重的石头和土块一辈子都要压在你的身上。"

一时间,老人的眼睛一动也不动了,不能相信,他的四肢还能做出哪怕是一个别的动作，一点也不破坏那个年迈的姿势。然而，老人活动起来了。

"我们再靠近一点儿。"贝西安小声说。

他们两个人现在几乎是正处于跟在老人后面的一群人的中间。

"是谁这么说话？"迪阿娜嘟嘟囔囔地说道。

"是老人，"贝西安同样小声地回答道，"他在用肩上扛的石头和土块发誓，就像法典上说的那样。"

老人讲话的声音低沉而厚重，仿佛是从山洞里借来的，很难听得到。

"我要对我扛的这块石头和泥土以及从先祖那里听到的话发誓，这一块地方就是牧场先前的老地界，现在，我也把界石立在这里，假如我说的是谎话，那么，这块石头和这个土块子今生今世永远都把我压在下面。"

老人和跟在他后面的一群人，慢慢地走在高原的正中央，传来老人最后一次的讲话声："假如我说的是谎话，那么，这块石头和这个土块子今生今世永远都把我压在下面。"说完他就把石头和土块子撂在了地上。

走在他后边的几个山民立刻就在老人插好木桩，做了标记的地方挖起土坑来。

"瞧！他们在挖出旧界石，埋上新的。"贝西安对妻子解释说。

从几处传来锤子击打的声音，有人喊道："把孩子带到这儿来！把孩子带到跟前，叫他们看一看！"

迪阿娜专心致志地注视着埋设界石。在山民们的黑上衣中间，她看见了一个傲气十足、穿花格子夹克衫的人，他正朝跟前走来。迪阿娜抓住丈夫的衣袖，似乎是请他帮一把，他疑惑地瞅了她一下，可是，她没来得及做任何解释，因为这时候测量员正迎面出现在他们的眼前，他的微笑让他的眼睛显得更加充满了醉意。

"这是怎样的一场喜剧！"测量员说道，用头势朝山民那边指了一下，"这是怎样的一场悲喜剧！您是位作家，对不对？我请您为这种白痴的行为写点什么吧。"

贝西安严厉地端详了他，没回答他的话。

"请您原谅我如此冒昧地插话，啊？我请求你们原谅，特别是请您原谅，女士。"

他亮出演员在剧场谢幕那种架势走上前来，鞠了个躬。迪阿娜闻到了酒味儿。

"您想干什么？"她冷冰冰地问道，毫不掩饰对他的蔑视之情。

此人张了两三次嘴要说话，可是，看得出来，迪阿娜严正的言行把他吓蒙了，结果他什么也没说。他把头向山民们那边转去，就那么站了片刻，脸也不动；脸上还残留一部分笑容，恰恰是这部分笑容最坏，最叫人厌恶。

"这真的值得嚎啕大哭一场。"稍过一会儿，测量员小声地磨叽说，"在土地面前，测量这项工作从来也没遭受过比这更大的侮辱。"

"什么？"

"我怎能不这样说呢？我是一个测量员，我学过这项工作，你们明白我的意思吗？就是测量土地。但是，我在拉弗什转悠了多年，却掌握不了我的专业，因为山民们不想承认测量员的专业。你们自己也看到了他们是如何解决地界事宜的。用石头，用诅咒，用巫术，我哪里知道还用什么招数。而我的工具却成年累月锁在旅行袋里。我把那些东西留在了客栈，扔在一个角落里了。说不定哪一天，他们会把它们全部偷走，如果他们还没有对我来上这一手，我也不愿意把东西一直放在那里。我要抢在事情发生之前。我要把它们卖掉，卖了钱好喝酒。这件事情我要在任何人行窃之前把它干喽。啊！灾难的日子哟！我走了，先生，阿里·比纳库，我的师傅正在招呼我。请您原谅我，作家先生。如果我有什么错，请原谅我，美丽的女士，永别了。"

"奇怪的典型。"测量员走开以后，贝西安说道。

"现在我们要做什么？"迪阿娜说道。

在稀疏的人群中，他们放眼寻找马车夫。马车夫的目光刚与他们俩的目光相遇，他立刻就朝他们走了过来。

"我们出发吗？"

贝西安用头势表示"对，出发"。

就在年迈的老人一边用手触摸刚刚埋下的新的地界的界石，一边对胆敢挪动界石的人施以诅咒的时候，贝西安和迪阿娜靠近了马车。

这时候，他们在上车，迪阿娜察觉到，山民们原来一时被标记地界的事给吸引住了，这会儿，他们又把注意力转移到了他们身上。她第一个进到车里,此刻,贝西安再一次向远处的阿里·比纳库及其助手们挥手致意。

迪阿娜觉得自己有点累,在到客栈的一路上几乎没讲话。

"出发之前来点咖啡怎么样?"贝西安问道。

"随你的便。"迪阿娜说道。

客栈主人给他们端来了咖啡,还向他们介绍了阿里·比纳库仲裁的一些赫赫有名的地界纠纷,这些事情在山区已经广为流传。这种表现让人顿时明白他为他的客人感到很自豪。

"他每次到这一带地方来,经常在我的客栈下榻。"他说道。

"通常他住在哪里?"贝西安问道,这是没话找话说。

"他没有固定住所。"客栈主人说道,"阿里·比纳库就是这个样子,他到处走,哪儿都去,又哪里都见不到他,因为随时随地都有争吵和纠纷发生,人们需要审判员,他经常四处奔走,甚为繁忙。"

他端来咖啡时,又继续谈论阿里·比纳库和世世代代人们之间的摩擦、纠纷。稍过片刻,当他过来收拾咖啡盅和钱的时候,甚至送他们走到客栈外面那一刻,也仍然谈论这个话题。

他们上马车时,贝西安觉得迪阿娜抓了一下他的胳膊。

"贝西安,你看。"她小声地说。

离他们几步远有一个年轻的脸色苍白的山民,正朝着他们呆若木鸡似的望着,衣袖上明显地露着一条黑丝带。

"一个杀了人的人。"贝西安说道,然后转身问客栈主人,"你认识他吗?"

客栈主人用斜视的目光朝山民身旁几步远的地方瞟了一下。立刻就看明白了,这是一位赶路人,他正准备往客栈里面走,停下来只是为了瞧瞧罕见的乘坐马车的客人。

"不认识,"客栈主人说,"三天前他路过这里,到奥罗什交血税。嗨,小伙子。"他朝着陌生的小伙子喊:"你叫什么名字?"

显然,客栈主人的喊声来得很突然,年轻的山民转过脸看着他。就在这一瞬间,迪阿娜进到车里了。而贝西安还站在车梯上,好像是为了看看陌生人是否回答客栈主人的问话。透过马车车窗浅蓝色的玻璃,现出迪阿娜的脸庞。

"焦尔古。"陌生人以一种缺乏自信的稍微嘶哑的声音回答道,就像每个很久没说过话的人开始讲话时的那种腔调。

贝西安一屁股坐到妻子旁边的座位上。

"几天前他杀死过人,现在从奥罗什回来。"

"我听到了。"她悄声细语地说,眼睛没离开玻璃。

年轻的山民看样子像被钉在了那里,带着一种仿佛全身发高烧似的欲望凝视着年轻的女人。

"他多么苍白啊。"迪阿娜说道。

"他叫焦尔古。"贝西安一边说,一边在座位上坐好。迪阿娜的头继续朝着玻璃那边不动。外边能听到客栈主人的谈话。

"你认路吗?"他嗓门儿挺高地对马车夫说,"在婚礼亲戚之墓那个地方可要当心,在那儿一切都能搞乱套,本来是应该向右拐,可人们却走通向左边的岔路。"

马车向前启动了。陌生人的眼睛显得特别黑,眼窝非常暗,也许是脸色苍白形成强烈反差的原因吧。那双眼睛继续死死地盯在马车窗的四框里,那里有迪阿娜的脸。她也同样,尽管觉得不应该再盯着人家看了,可是,没有力气把目光从路边突然钻出来的那个行路者的身上移开。与此同时,马车渐渐走远了,她两三次擦去自己的呼吸在玻璃上凝成的水雾,可是,刚刚擦过,水雾立刻又凝成了,仿佛是要迅速地在他们之间拉起一块幕布。

当马车已经走了相当远的路程,车窗外边再也察觉不到有人活动的时候,她疲倦地靠着座位的后背坐下来,说道:"你是对的。"

贝西安带着惊奇的神色把妻子端详了一会儿。他想问一下在什么事情上他是对的,但是,有某种东西阻止了他。真实的情况是,在一上午全部的旅行中,他已经有所感觉,在一件事情上她是不同意他的看法的,可是,现在她自己承认了反对的看法,他觉得这是不需要的,要求做出解释是危险的,不能那样做。重要的是不要她说出对这次旅行失望的话。刚才她肯定了这样的一件事情。贝西安觉得自己有了活力。他甚至还觉得,虽然混沌不清,但她毕竟多少有点明白为什么他是对的了。

"你注意到了吧,那个几天前杀死过人的山民脸色是多苍白啊。"贝西安一边盯着她手上的戒指,一边说,谁知道他为什么要这么看,"就是我们刚刚看见的那个人,你说是不是?"

"真的,苍白得非常可怕。"迪阿娜说。

"谁晓得动手杀人之前他有过怎样的怀疑,怎样的犹豫。面对我们山区的哈姆雷特的犹豫不决,哈姆雷特的犹豫算什么呢?"

她的眼睛露出感激之情。

"你觉得为了拉弗什的一个山民，我居然提到了丹麦王子的名字，这是否太过分了？"

"毫不过分。"迪阿娜说，"你讲了许多那么美妙的事情，你知道对于这一点我给你多高的评价。"

一种想法闪过他的脑际：正是他说的那一观念帮助他征服了迪阿娜。

"哈姆雷特受他父亲的鬼魂驱迫去复仇。"贝西安继续说，"你能想象是怎样的幽魂出现在山民的面前，驱使他杀人报仇的吗？"

迪阿娜的眼睛瞪得很大，超出了常规，目不转睛地看着他。

"在需要为死者报仇雪恨的人家，在石楼的一角，挂着沾有牺牲者的血渍的衬衫，在报仇雪恨之前，是不能把衬衫从那里摘下来的。"贝西安接着说下去，"你想象得出这是一件怎样可怕的事情吗？哈姆雷特在午夜里见过他爸爸的鬼魂两三次，而且只是那么短短的一会儿，而要求报仇的血衣，却是日日夜夜、整个月、整个季节待在他们的石楼里，衬衫上的血渍都变了色，人们说：瞧瞧，死者在别人为他报仇之前，是忍无可忍的。"

"可能这就是他的脸色那么苍白的原因吧。"迪阿娜说道。

"谁？"

"他……那里的那个山民。"

"噢，对，那当然了。"

刹那间，贝西安觉得，迪阿娜说出的"苍白的"这个字眼儿，是用那样一种方式说出来的"漂亮的"意思。可是，他立刻打消了这个想法。

"那他现在要做什么呢？"迪阿娜问道。

"谁？"

"他……就是那个山民。"

"噢，他要做什么？"贝西安耸了耸肩膀，接着说，"如果他是四五天之前杀了人，就像客栈主人讲的那样，如果他取得了大诚信保证，就是说一个月的诚信，那么他就还有二十五天正常的生活。"

贝西安苦哈哈地微微一笑，但是，她的脸却一动也不动。

"这是在这个世界他得到的最后一点许可，"他继续说，"有句著名的谚语说：活着的人不是别的，只不过是得到许可来到这一现实中休假的死亡者，在我们山区，这句著名的民谚获得了非常精准的意义。"

"看上去他就是那样，完全像一个从另外的世界来到这里的休假者。"她说道，"袖子上还戴着那里的一个标记。"迪阿娜深深地吸了一口气。"你说得好，"她继续往下说，"真就像在《哈姆雷特》剧中那样。"

贝西安向外张望，脸上带着一种僵硬的微笑。

"你还要想到，哈姆雷特一旦确信那件事他应该去做，便满怀激情地去谋杀，可是，他——"贝西安挥手指着路，指着与马车前行相反的方向，接着说，"将他纳入运转的发动机，安置在他的外边，甚至远出他所处的时代好几倍。"

迪阿娜专心地听着他讲话，即使这样有的东西还是从他讲话的意思中漏掉了。

"为了执行从非常遥远的地方得到的命令，一个人应该有提坦①那样的意志去面对死亡，"贝西安继续说，"因为命令来自的地方比真正遥远的地方还要远出好几倍，甚至有时是从多少代已经消亡的人们那里传来的。"

迪阿娜再一次深深地吸了一口气。

"焦尔古，"她小声说，"他是叫这个名字，对吧？"

"谁？"

"就是他，那个山民啊……在客栈见到的那个。"

"噢，对，是叫焦尔古，他真就是那样，他真的给你留下了印象，是不是？"

她用头势予以肯定。

有两三次天空现出要下雨的样子，可是，细碎微小的雨点儿不知丢到什么地方了。看得出来，在无边无际的天空中，雨点儿没落到地上，只有其中的几滴溅在了马车窗户的玻璃上，仿佛泪珠一般在上面抖动着。迪阿娜看了一会儿雨滴的抖动。由于雨滴的抖动，玻璃也跟着激动起来。

她毫不觉得疲劳，恰恰相反，因为内心里有一种轻松的感觉，因此明显地露出了自己的真性情，显得挺活跃，尽管天气寒冷，而且也没什么乐趣。

---

① Titan，希腊神话中的英雄。

"真是一个漫长的冬天,"贝西安说道,"它就是不想离开。"

迪阿娜继续观赏着外面的风景,风景中的某种东西可以分散注意力,让人的脑子里变得空空的,什么都不想,这样就能从每一种繁复密麻的思维中轻松一下。迪阿娜脑子里过滤着阿里·比纳库讲述的和从客栈主人那里听到的法典中那些费解的例子。真实的情况是,那不是些完整的事件,而是事件的一些零零碎碎的片断,外貌或段落在她的思绪里慢慢地流淌。其中的一个事件是这样的:一户人家有两扇门,要从原来的位置上卸下来,相互换换地方。其中一扇门在夏日的一个夜晚,被某人用子弹打穿了一个窟窿,受侮辱的石楼主人应该得到赔偿。怎么办呢?门被打穿一个窟窿,不能以流血解决赔偿的问题,不过,房门遭到侮辱也不能忍受。于是,阿里·比纳库被找去评判这一事件。阿里·比纳库作出裁决:把罪犯家里的门卸下来,把被他打穿了窟窿的那扇门安在他家卸下来的门的位置上,要他一生一世都保留着这扇被打穿了窟窿的门,无权更换它。

迪阿娜想象着阿里·比纳库在他的两个助手——医生和测量员的伴护下,从一个村到另一个村,从一个地区到另一个地区四处奔波的情景。这个小小的群体所遇到的出奇的困难,是她没法想象得到的。听听下面这个故事:另一个夜晚,一位朋友突然来到某人家里,此人打发妻子到邻居家借点东西(到最近的邻居家需要一刻钟)。几个钟头过去了,可是,妻子没回来。不过,在朋友面前,他控制住了自己,就这样,他把焦躁不安一直掩藏到早晨。然而,无论是第二天,还是第三天,她都没有回家,因为发生了一件在拉弗什高原史无前例的事情：邻居的三兄弟在他们家里强力蹂躏了她，每人都跟她睡了一夜。

迪阿娜想象自己处在那个妻子的境地会有多么悲惨，想着想着吓得她浑身直发抖。她晃头，想摆脱这一令她厌恶的行径，但是，这不是她能轻易摆脱了的。

过了第三夜，妻子回到家里，把一切事情都告诉了丈夫，但是，那个受侮辱的男人该做什么呢？这完全是一个异乎寻常的事件，只有用血才能清洗掉这一耻辱。但是，讲脏话、下流话成性的三兄弟的家族庞大而且很有势力，一旦杀人流血的家族世仇开始了，那么，最初的几轮，受害的人的一家就将被杀绝，彻底消亡。除此之外，受侮辱的男人也不是个很有胆量的勇士。这样一来，对此异乎寻常的事件，受害者提出一点山民很少能提的要求：请一群长者组成仲裁委员会帮忙。裁判是件困难的事情，仲裁一件在拉弗什的记忆里没有先例的事情是不容易的，而最难的是三兄弟应该得到怎样的惩办。于是，长者们把阿里·比纳库给请来了。阿里·比纳库决定从两个解决方案中选择一种：要么叫兄弟三人把他们的妻子逐个送到受侮辱的男人家里，每人都跟他睡上一夜；要么三兄弟选出其中的一个，让他被受侮辱的男人打死，以此偿还罪行。兄弟三人商议了此事，选择了第二个方案，即兄弟三人中的一个等着被打死，这个将被打死的人正是三兄弟中的老二。

迪阿娜想象着三兄弟的老二被打死的全部慢动作，如同电影镜头中的画面那样。老二从仲裁委员会请求到了一个诚信规定的为期三十天的安全协议。后来，在第三十一天，受侮辱的那个男人埋伏好了，安稳地杀死了他。

那么后来呢？贝西安问道。后来，什么事儿也没有。客栈主人回答说。世界上曾有过的一个人，就这么走了，再也不存在了，所有这一切真是毫无意义，只为了一次发疯，就造成了这样一个结果。

迪阿娜正在犯迷糊，睡着之前，她想起了那个名字叫焦尔古的山民还剩下多少能活着的时日。"暂时他还活着。"她对自己说，叹了一口气。

"瞧，一座庇护人的石楼。"贝西安一边说，一边用手指敲着玻璃。

迪阿娜朝着他手指的方向望了望。

"那座单独的石楼，你能看见吗？就是所有的窗户都特别窄小的那一座。"

"那有多阴暗啊！"迪阿娜说。

她曾经常听到关于赫赫有名的庇护人的石楼的说法，说是所有杀死人的人，过了诚信协议规定的期限之后，离开家庭，关进这种庇护楼里，以防他们的家庭遭到危险。这是她第一次看到一座庇护人的石楼，第一次听到关于它的丰富的详情。

"它的全部又窄又小的窗户面对村子里所有的道路，这样一来，任何人都不靠近它，以便避开关在石楼里受庇护的人的视线。"贝西安解释说，"但是，有一个窗户面对教堂的门，因为要对和解之事有所准备。不过，这种事是非常罕见的。"

"人在那里要待多久？"迪阿娜问道。

"你问的是在庇护人的石楼里吗？噢，要待好多年，直到外边世界里发生了能改变杀人之血和被杀人之血的关系之前，得一直待在那里。"

"杀人之血和被杀人之血。"迪阿娜重复贝西安的话，"你说的这个事儿好像是银行的交易行为。"

贝西安微微一笑。

"从一定形式上来说是这样。"他说，"法典中处处都贯穿冷酷核算的精神。"

"这真的太可怕了。"迪阿娜说。贝西安不明白她这个话是针对什么说的，是针对庇护人的石楼还是针对他最后的话发的感慨。她真的又把头靠近玻璃旁边，为了再看上一眼阴暗的石楼。此刻，她觉得石楼好像一扇排骨。

那个脸色苍白的山民将进到这里。她在想，不过，有一种可能，他在未被关进庇护楼得到安保之前就被打死。

焦尔古，她对自己重复说他的名字，觉得胸口以下空洞洞的，好像是一个无底的深渊。在那里，有一种东西在痛苦地撕扯着她，但同时又让她感到几丝甜蜜。

迪阿娜觉得失去了一种保障，就像每个年轻的女子在订婚或恋爱阶段，不要把感情给予另外一个男人，才能保护自己远离危险。自从和贝西安结识之后，这是她第一次让自己自由地去想某个男人。她在思念着他，如同贝西安所说，他是在这儿休假，而且他的休假时间很短，比三个星期稍长一点儿，过去的每一天，就让他的日子又减少了一点，与此同时，他戴着黑丝带在山间游荡。这条黑丝带昭示他有血债，完全是他欠的血债，看来他要提前偿还。他的脸色是那么苍白，被死亡选中了，正像贝西安对他所称呼的，他恰似树林里刻上了记号要砍伐的一棵树。他的一双眼睛死死地出神地凝视着她的眼睛，说明了这一切：我在这里只有很少的时间，异乡的女子。

从来没有一个男人凝视的目光让迪阿娜受到如此的震动。她在思量，也许是因为他面临死亡的处境或者是那个山民异常的英俊唤起了她的遗憾。这会儿她很难弄明白，那两三颗泪珠是落在了玻璃上面，还是含在她的眼睛里。

"多么漫长的一天啊！"她说出声来，对她自己的话感到很吃惊。

"你觉得累吗？"贝西安说道。

"有一点。"

"一小时后，最多一个小时十五分钟后，我们就应该到达那里了。"

他把胳膊搭在她的肩上，轻轻地将她拉到自己面前。她静静地温柔地站着，没有离开他，但也没有做出轻盈的动作，让他得心应手地拉她。他感觉到了这一点，但是，从她脖子上飘散出的香味，让他心醉神迷，促使他把头弯到她的耳边，小声喳喳地问道：

"今天晚上我们怎么睡？"

她耸了一下肩膀，为了表达这个意思："我怎么知道？"

"不管怎么说，奥罗什的石楼是一位王子的石楼，我相信在那里他们将会安排我们俩睡在一个房间里。"他继续小声地说下去，谈话中带有一种神秘的色彩，"你说是不是？"

他的眼睛斜视着她的侧身，摆出一种意义深远莫测的架势，带着他讲话声音的矫揉造作的神秘感。但是，她的眼睛一直向前看，没有回答他。恰似在十字路口，在侮辱和非侮辱之间他把胳膊稍稍地放下了一点儿，也许要从她的肩膀上放下来，也许是她最终感觉到了这一点，或者是就那么不诚心地对他说说。

"怎么？"他说。

"我问你，奥罗什的王子与皇室是否有血缘联系？"

"毫无联系。"他说。

"那他怎么可能被称为王子呢？"

贝西安顿时变得皱纹满面。

"这事儿有点复杂。"他说，"不管是在哪个规定的区里，人们都那么称呼他，并且拉弗什人也时常称他'普伦克'，这跟叫他'普林茨'（王子）是一个意思，不过，他们更多的还是通过'卡皮丹'（长官）这个名字熟悉他的，虽然……"

贝西安想起来，他有好长时间没吸烟了。像每个不经常吸烟的人一样，他从衣兜里掏出烟盒和火柴，花了一点工夫。迪阿娜觉得，每当他想推迟即使再少一点时间讲解一个难题的时候，他总是要这么磨蹭一会儿。真实的情况是，他开始要对她讲解关于奥罗什石楼的事情（还是在地拉那时他就讲过，但只讲了一半就搁下了，因为正赶上这时候从王子办公室给他送来了一份用词僵硬死板的邀请函，通知他奥罗什方面已经做好了接待他们的准备，一年四季任何时候，白天和黑夜随便什么钟点，都欢迎他偕妻子来访），但是，现在在马车上对她的讲解并不比在地拉那时，他躺在长长的沙发上，守着茶杯所讲解的东西清晰多少。不过，这也许是由于对客人正在前往的石楼的一切相关的事情的了解有点模糊不清而造成的。

"他不是正经八百的王子。"贝西安说，"但是，从一种观点上来说，他比王子更像王子，这并不仅仅是因为奥罗什石楼之家比皇室之家古老很多，而特别重要的是它统治整个拉弗什这片高山平原的方式方法非常奇特。"

他继续对妻子讲，这是一种特殊的统治，通过法典而进行的统治，与大地上的任何一种别的统治都不相似。在很久很久以前，谁也记不得是什么时候了，那时候，不论是警察，还是国家行政管理机构，都没进入到拉弗什。石楼既没有警察，也没有行政部门，但是，整个拉弗什都在它的掌控之下。在土耳其时代是这样，甚至比这还早就是这个样子。到后来，在塞尔维亚和奥地利占领时期，接着，在第一共和国时期和第二共和国时期，乃至在当下，在君主政体时期，依然还是这样。甚至几年之前，一伙议员在议会里还做了最后一次努力，要国家行政机构进入拉弗什，但是，努力却以失败告终。我们应当向往让法典的统治覆盖国家的所有部门，奥罗什的保卫者这么说，而不是要努力将它从其千山万壑之中连根除掉，尽管世界上没有力量能做到这一点。

迪阿娜又问了一下石楼主人们的王侯出身问题，贝西安觉得她这个问题提得太幼稚，如同一个女人竭力想知道人家送给她的珠宝首饰是否为真金做的那么天真。

他对迪阿娜说，他不相信奥罗什的主人们是出身于阿尔巴尼亚的某个皇室之家，至少这样一件事情没有人承认。不管怎么说，他们的来历已经消失在迷雾之中了。按照他的看法有两种可能性：要么他们是一个早期的但并不是名气很大的经过时代的暴风雨的洗礼而存留下来的封建家庭的后裔；要么就很简单，他们的家庭祖祖辈辈就是专门诠释法典的人家。人们知道，这样的家庭好像一种法律的庙宇，一个介于法庭的祭祀地和档案馆的地方。随着时间的推移，积聚了很大的力量，直到自己的出身来历都忘记了，变成了统治者。

"我说了，那个家庭是法典的诠释者。"贝西安继续往下讲解，"时至今日奥罗什石楼也还被确定为法典的保卫者。"

"这户人家本身处于法典之外吗？"迪阿娜说道，"我觉得有一次你是这样跟我说的。"

"对，正是那么回事。它是整个拉弗什地区唯一一户置身于法典之外的人家。"

"关于它有许多悲惨的传奇故事，是这样吗？"

贝西安沉思了片刻。

"不管怎么说，真的，一座有几百年历史的石楼，被一种神秘的气氛所包围，那是自然的事情。"

"多开心啊！"迪阿娜喜悦地说，突然间她又像以前那样亲近，依偎着他，"我们到那里去做客，这让我们非常开心，是这样吗？"

他仿佛受了一次大累，深深地吸了一口气。他又捏了一下她的肩膀,亲昵地但又夹杂着批评的意味凝视着她,似乎在向她说:你离我这么近,为什么突然间远离我,折磨我?

她的脸上还是露出那种微笑的表情,他只是从旁边看着她,她身体的主要部分挪到前面去了,跟他有一定的距离。

他把头凑到玻璃前面。

"黄昏很快就要降临了。"他说道。

"相信这会儿石楼离我们挺近了。"迪阿娜说道。

两个人在马车的窗户旁边寻找着石楼。后半晌的天空,一切都凝滞不动,显得异常沉重。在高高的天空,云彩似乎永远地凝固了。如果说四周还有最后一点活动的感觉,那么,这种活动不是在天上,而是在地上。群山的高低伴随着马车行驶的节奏在变化着。

他们二人手挽着手,眼睛继续在视线之内的天地间搜寻着石楼,它的神秘把他们拉得更近了。"瞧瞧,在那儿了,瞧瞧,在那儿了。"有两三次他们几乎是同声地这样喊叫,可是,那并不是石楼,而是停留在他们身边的絮状的鬃毛或云团。

周围一片荒凉,似乎是那些空寂的房舍和生命本身都已经退却,以便不打扰奥罗什石楼的孤独。

"它在哪儿呀?"迪阿娜抱怨地说。

他们的目光在视线之内的每一点上搜寻着石楼。看起来,它好像出现在云彩的缝隙中间,出现在高高的天上,假如出现在大地上崇山峻岭之间的某个地方,那也许是更自然的事情。

给他们引路的人,手里举着铜灯,将他们领到石楼的第三层,灯光在墙壁上恐惧地颤抖着。

"在这边,先生。"他第三次说道,把灯从自己身边推开一点,以便让他更好地看清行走的路线。地板全是用木板块铺的。时间已经过了午夜,地板发出更加明显的嘎吱嘎吱的响声。"这边来,先生。"举灯带路的人说。

房间里亮着另外一盏铜制的灯,灯捻儿提得太低,灯光微弱地照在墙壁和一张樱桃红地毯的图案上,迪阿娜无意地叹了一口气。

"现在我给你们提箱子去。"那个人说完就不作声地走开了。

他们两个站了片刻,一开始互相打量了一会儿,然后环顾了一下房间。

"你说王子怎么样?"他小声问道。

"我不知该怎么说。"迪阿娜回答道,声音很低,几乎是说悄悄话。如果在其他的场合,她将会对丈夫说,他是一个不可捉摸的人,无论如何,也是一个不自然的人,就像他的邀请函中的措辞一样。可是,她觉得时间太晚了,在晚饭后这个钟点儿,再来让他做冗长的讲解,是没有意义的。所以她又重复地说:"我不知该怎么说。"接着还补充说:"至于他,正像人们称呼的'血的管家',我不喜欢。"

"我也不喜欢。"贝西安说。

贝西安和迪阿娜的目光先后两三次落在一张沉重的橡木床上;床上铺着一条深红色的细羊绒床单。床头上面的墙壁上,有一个橡木十字架。

贝西安走到一扇窗户旁边,直到那个人回来,他一直站在那里。那个人一只手提着铜制灯,另一只手吃力地拎着两个箱子。

他把箱子放在地板上,贝西安背对着那个人,脸几乎贴到了窗户的玻璃上,问道:

"是什么在那里?"

那个人脚步轻轻地走到他跟前,迪阿娜注视了他们一会儿;他们靠在窗台旁边,半弯下腰来朝窗下面看,仿佛站在一个悬崖上似的。

"那是一个大屋子,先生,是一个门前的廊子,我不知它叫什么,那里接待来自拉弗什四面八方的付血税的人。"

"噢。"贝西安说,迪阿娜听到了丈夫的声音,因为他几乎把脸贴在窗户上了,所以声音听起来不那么真实自然。"是著名的杀人者的门廊。"

"是叫人流血的人的门廊,先生。"那个人说。

"对,是叫人流血的人的门廊……我知道,知道,我听说过……"

贝西安继续站在窗户前面,石楼的这个人向后退了几步,没出一点声音。

"晚安,先生!晚安,女士!"

"晚安。"贝西安仍然用那种不自然的声音说话。

"晚安。"迪阿娜说道,没有把头从刚刚打开的箱子上面抬起来。有一会儿,她的一些动作毫无生气。她在翻腾自己的东西,决定不了应该把什么东西从箱子里拿出来。晚餐吃多了,这会儿她觉得胃里沉甸甸的,不舒服。她打量着宽大的床上铺的红床单,然后,两眼又盯住箱子里面的东西,不知道夜里应该穿什么衣服才好。

她还在翻腾她的东西,这时候,她听到了他的声音:

"过来,你看!"

迪阿娜挺起身来,靠到窗户前边。他挪动了一下,为了给她让出一点地方。她感觉到玻璃的寒气像冰一般侵入她的全身。玻璃窗户外面,夜晚好像挂在了深渊上面。

"看那儿。"贝西安说,声音软绵绵的。

迪阿娜放眼向黑暗中望去,但是,什么也没看见,只感觉到夜晚的无边无际的黑暗,让她不寒而栗。

"在那儿。"他一边说,一边用手触摸着玻璃,"在下边……你没看见那里有一点亮光吗?"

"哪儿?"

"在那儿,在深处……很深的地方。"

她的眼睛终于看到了一点微弱的光亮,其实,这点光只不过是深渊边上的一个地方闪出的一点发红的微亮。

"我看见了。"她小声说道,"可那是什么呀?"她问道。

"是很有名气的石楼的门廊,在那里,叫人流血的人为了交付血税,要成天地等,有时甚至要等上几星期。"

迪阿娜站在他的肩膀旁边,他感觉到她的呼吸紧张又急促。

"为什么要等那么长时间?"她问道。

"不知道。石楼是不轻易收税的,也许是在门廊经常聚集的等候交税的人太多了吧。你冷了!往肩上披点什么吧。"

"那个山民在那儿……在客栈里的那一个,在这里待过吗?"

"是的,正是他,客栈主人跟咱们说过他的事儿,对吧?"

"对,为了交付血税三天前他曾从这里路过,他是这么跟咱们说的。"

"是啊,正是如此。"

迪阿娜欣慰地叹了一口气。

"那就是说,他曾在那里待过……"

"拉弗什所有叫人流血的人,毫无例外都要从这个门廊走过。"他说道。

"真可怕呀,你说是吗?"

"是这样,还是在四百多年以前,从奥罗什石楼建成以来,白天,夜晚,冬天,夏日,在那个门廊里,总是有叫人流血的杀人者。"

她感觉到,他的脸和她的额头靠得太近了。

"是挺可怕的,这是自然的事情,这怎能不可怕呢?杀人者等着交血税钱,真实地说,这是很悲惨的,甚至我要说,从某种意义上讲,这是很伟大的。"

"伟大的?"

"这不是这个词含有的真正的意思……但是,不管怎么说……在黑夜里,那点微弱的光,就像是一支照在死亡之上的蜡烛……上帝啊,真的是有点不得了的可怕的意思在里头。你要想到,这不是用于一个人的死亡,用于他坟墓上的蜡烛,而是用于伟大的死亡的一个词。你冷了吧?我跟你说了,要往肩上披点东西。"

他们就那样地站了一会儿,一直目不转睛地望着下面那一点亮光，直到迪阿娜觉得全身刺骨的冷为止。

"真的非常冷。"她说完就离开了窗户。稍过一会儿，她又对贝西安说："贝西安，不要站在那儿，你要着凉的。"

他向她转过身来，朝房间的中心走了两三步。就在这时候，响起了一种沉重的声音，吓得他们都发抖了。原来墙上有一个挂钟，直到这时候，他们俩都没注意到，这时连续响了两下，已经是半夜两点钟了。

"上帝啊，多让我害怕啊！"迪阿娜说。

她又在箱子前蹲下身来，倒腾一会儿东西。

"还要给你把睡衣也拿出来吗？"

他嘟嘟囔囔地说了点什么，然后在屋子里来来回回地踱起步来。迪阿娜走到挂在一个衣柜上边的镜子前面。

"你想睡吗？"过了一会儿他问道。

"不，你呢？"

"我也不想睡。"

他在床的一边坐下来，点着了一支烟。

"也许咱们不应该喝第二杯咖啡。"他说道。

迪阿娜说了点什么，但是，因为嘴左角叼着发卡，正在往头发上卡，说话说不清楚，所以他没听懂她说的是什么意思。

贝西安依偎着床头，用心不在焉的眼神儿盯着妻子在镜子旁边熟悉的动作。镜子、妻子靠着的衣柜、挂钟，还有床和石楼里其他多数的家具，都具有巴罗克风格。不过，这一风格被大大地简化了。

133

与此同时，迪阿娜在对着镜子梳头，斜眼望着贝西安魂不守舍的脸部上方卷起的烟圈儿。梳子梳头的动作一直比较慢，好像有点什么事情让她犹豫不决。然后，梳头的手停了一会儿，把梳子慢慢地放到衣柜上，还一直悄悄地从镜子里瞟着丈夫脸上的表情，想尽法子避开他的注意力；然后，脚步轻轻地走到窗户前面。

玻璃外面是令人烦躁的、茫茫的黑夜，这时候，一种心灵受到震颤的感觉穿越她的全身，与此同时，在这种混乱不宁的境域里，双眼坚定不移地搜寻着消失的光亮。她终于找到了，在同一个地方，在下边，好像是挂在深沟里，微弱地闪动着，几乎随时都会被黑夜吞噬掉。有好大一会儿，她的目光没法从那个黑黝黝的深渊边缘的微弱的红光上移开。它好像是原始之火，数千年古老的岩浆及其来自地球中心的微弱的折光。它是地狱之门。突然间，迪阿娜怀着一种不可抗拒的力量思念起他来，经过了那个地狱的人。焦尔古，她在心里暗暗地呼喊着他，嗫嚅着嘴唇。他在永无尽头的路上游荡，手上、袖子上、手臂上、翅膀上带着死亡的信息。为了战胜那种黑暗，那个世界开端的混乱，他应该是半个上帝。他是如此的奇特，如此的不可接近；他体魄巨大，夜里能膨胀，能飘荡，像是一声震天动地的嚎叫。

此时她不相信她看见过他，他也看见过她。她自己觉得跟他相比，她是本姿本色，脱离了一切秘密。崇山峻岭中的哈姆雷特，她重复讲贝西安说过的话。我的黑王子。

我会再见到他一次吗？在那里，在窗户前边，因为前额接触冰冻的玻璃，所以变得像冰一样的凉。她感到，为了再次见到他，她准备献出很多。

那一刻,她感觉到了丈夫在她身后的呼吸声和他伸到她腋窝里的手。在他特别喜欢的她的身体的那部分,他温柔而舒缓地抚摸了有好几秒钟。接下来,尽管没有看到她脸上的表情有什么变化,但依然问道:

"你怎么这样?"

迪阿娜没有回答,只把脸继续对着黑乎乎的玻璃,仿佛是请他也往那里看。

第四章

马尔克·乌卡切拉走在通往石楼第三层的木造楼梯上的时候，听到了一个人很低的喊声：

"嘘！客人们还在睡觉。"

他在继续登楼梯，对自己的脚步没做任何改变。在楼梯头上，那个声音又重复了一次：

"请注意，跟你说过了，你没听见跟你说的话：客人们在睡觉吗？"

马尔克抬起头睁大眼睛，想看一看是谁竟敢这样讲话。恰好这个时候，一个仆人把头伸到栏杆这边，要看看这个破坏安静的人。仆人认出了"血的管家"，吓得用手遮住了嘴。

马尔克·乌卡切拉继续登楼梯，当登到楼梯头上的时候，看见了那个喊话的仆人，此时他硬邦邦地站在那里，仿佛冻僵了似的。他从这个仆人身边走过，什么话都没说，甚至都没回头看他一眼。

他是王子的一个直系亲属，因为在石楼的工作分配中分管有关血的这部分工作，所以被称为"血的管家"。这些仆人都是王子的亲戚，其中的一部分虽然与王子的关系很远，但毕竟是亲属，所以仆人们都挺怕他，就像惧怕王子一样。他们都很惊奇，看着这个从暴风雨中得救的同伴。他们不无遗憾地想起了往事，想起其他场合，哪怕是最小的不当心，都付出了非常昂贵的代价。但是，这位"血的管家"虽然与朋友共用了一顿丰盛的晚餐，可是，在那天早晨，脸色却像土色一般难看。立刻就看出来了，他挺烦恼，心思也不知道投到哪儿去了。不回头看任何人，推开朋友住的房间隔壁的一个大屋子的门，走了进去。

房间里很冷，透过镶着没上过油漆的橡木框的窄窄但却挺高的窗户的玻璃射进来的一种光线，让他觉得它是从一个敌对的日子里射进来的。他往玻璃前面靠得更近些，望着外面安静不动的云彩。已经进入三月了，可是，天空依然还是二月的景象。这一想法带着一点恼怨的成分闪过他的脑际，似乎这也是对他特意制造的一种不公平。

他举目向外边望去，天公似乎在用这种光线让人们受苦受难，虽然这光线是灰色的，但对视力有很强烈的刺激性。刹那间，他忘记了走廊，那里不时地响起谨慎的脚步声和"嘘，安静"提醒注意的声音。这一切都是因为头一天夜里来了一对客人。他自己也不知道，为什么他们这对客人唤起了他的一种不友好的感情。

总的来说，头一天夜里的晚餐让他讨厌，他吃不下去，总是觉得胃里一刻一刻地不舒服，觉得胃里空空的，他要尽力填满它，可是，恰恰相反，越是多把食物吃力地往胃里推，越是觉得胃里发空。

马尔克·乌卡切拉让目光离开了窗户，朝藏书室的沉重的橡木书架仔细地看了一会儿，书架上多数的书，都是早年的书，一部分是宗教书，其他的是用拉丁文或古阿尔巴尼亚文印刷出版的书。在另外一个特别书架的下方，放着与法典及奥罗什石楼有直接或曲折联系的当代出版物。关于这方面内容的书全部都有，再不就是刊有书籍的片断或文章、专题研究或诗歌的杂志。

真实的情况是，马尔克·乌卡切拉的主要工作是负责收缴血税，但是，他还承担一些事情，除了血税之事，还负责管理石楼的档案。档案室位于藏书室的下面，在关闭的那一部分里，内部还上了铁皮。在那里，石楼所有的文献都锁了起来：法令，秘密条约，与外国领事的来往信件，与阿尔巴尼亚第一共和国、第二共和国以及君主国的合约，与外国总督和外国占领势力的长官签下的合同。文件用几种文字书写而成，但主要的文字还是古阿尔巴尼亚文。一把锁头很大，这把锁头的钥匙挂在马尔克的脖子上，在盒子中间闪射出黄色的光。

马尔克·乌卡切拉朝着书架向前迈了一步，用手既亲昵又粗野地触摸排列成行的书籍和当代的杂志。他会写也会读，但是，并不能理解书籍和杂志里讲的关于奥罗什的内容。离石楼不远的修道院里有一个僧侣，每月到这里来一次，根据内容把寄到石楼的全部书籍和杂志编排分类。他把它们分成好的和坏的两种出版物，即对奥罗什和法典写有好的内容和坏的内容两种。好与坏的数量经常有变化。通常好的出版物居多数，不过，坏的也不少。

有的时节，坏的出版物数量急剧上升，出现与好的出版物旗鼓相当的危险局面。

马尔克第二次气急败坏地摆弄那排书，有两三本从书架上掉了下来。书架上有小说、剧本和关于拉弗什高原的民间传说。正如常读书的僧侣所说，也有其他的苦若毒药的东西，因此，就无法理解王子怎么能忍受让这些东西存在于他的藏书室里。如果是马尔克·乌卡切拉来处理此事，他早就一把火把这些书烧掉了。可是，王子是一个很有忍受力的人，不但没有烧，或者至少把它们扔到窗外去，相反还时常翻一翻，看一看，他是书的主人，他知道自己该做什么。

头一天晚上用餐后，当他向客人们介绍客房隔壁的环境条件，来到这个屋子时，说道："有多少次，那些人说了很多反对奥罗什的坏话，可是，奥罗什却没有因此而有所撼动，而且永远也撼动不了。"王子没去看石楼的瞭望窗，而把眼睛盯在摆放书籍和杂志的书架上，似乎那里不仅有他人的攻击，而且还有保卫石楼的内容。"多少政府倒台了，"王子接着说，"多少王国都从地球上被清除了，然而，奥罗什却岿然不动。"

至于他，作家客人，从一开始马尔克就不喜欢。他那个漂亮的妻子，马尔克也没看在眼里。他哈下腰去看书和杂志的标题，二话没说。马尔克从头一天晚餐的交谈中已经明白，这个作家写过关于奥罗什的文章，可是叫人看不懂，是好还是坏，用一句话说，那是个两性难辨的怪胎。但是，也许正是由于这个原因，王子才把他邀请到石楼来，甚至把他的妻子也邀请来了，想弄明白他脑子里都装了些什么东西,同时也为了把他变成一个对自己有用的人。

"血的管家"靠在书架旁边,再次向窗户那边望去,对这位作家客人一直是抱着不信任的态度。这不仅仅是一种混浊不清的敌对的感情;这种感情在一开始见到他们,他手里拎着他们的两个皮箱子,同他们一起爬楼梯登台阶的时候就产生了。是另外一种别的东西,甚至就是这种别的东西在他心里也产生了敌对厌恶之感。他对他们有一种惧怕的心理,特别是对客人的妻子怕得更甚。"血的管家"对自己苦涩地微微一笑,如果有谁听到了,将会觉得很奇怪。因为他,马尔克·乌卡切拉,有生以来很少惧怕什么事情,甚至在勇士们都吓得面容失色的事情面前,也镇定自若,岂能在一个女人面前尝受惧怕的感觉!可是,他真的尝受到了那种感觉,他怕她。她不相信头一天夜里晚餐桌上别人说的话。这一点从她的眼神里立刻就能明白。他的主子,王子很谨慎地说出的一部分话,他觉得永远都是不可抗拒的法律。可是,这部分话到了她的眼睛里,失去了威力,静静地淹没,倒塌在地了。这可能吗?他对自己说了两三次,并且对自己回答说:这是不可能的,是我自己在发疯,胡思乱想。可是,当他再次偷偷地瞟了一眼年轻的女人,发现没猜错,就是那么回事。话语在她的那双眼睛里化掉了,失去了威力。谈完话之后,石楼的一部分静静地倒塌了。还有他自己,马尔克·乌卡切拉,除了他之外……这是第一次发生这种事,所以说,情况显示得很清楚,是她给他造成了恐惧感。因为在王子的客房里,临时住着各式各样重要的客人,从教皇的特使或者索古皇帝的亲信,直到那些被称为哲学家或学者,有分量的人物多着呢。可是,他们当中的任何人,都没有给马尔克造成这样的感觉。

大概这就是头一天晚上王子讲话比通常情况下多得多的原因。大家都知道他是一个少言寡语的人,有的时候,他开口只不过是为了说句欢迎的话,让在场的其他人把谈话活跃起来。而头一天夜里,他似乎懂得谈话空空如也,好像一切都在牧场上放牧似的,所以打破了常规。他是在谁面前!是在一个女人面前!不是女人,她是一个女巫。她很美,美得像山野中的仙女一样,但是,是一个坏仙女,不然,她没能力破坏他的主子的威力。真正的错误在于允许她进了男人们的房间,这是违反习俗的。阻止女人进客房,对此法典不是白说的。然而,不幸的是,近来这种风气竟然也传染到了这里,到了法典的台柱子上,到了奥罗什,这里也感觉到了它的恶魔般的气息。

马尔克·乌卡切拉再次感到胃里空荡荡的,这种感觉让他烦躁,火气难消,这种难以言状的怒气与胃里的呕吐感搅和在一起,竭力要在什么地方爆发出来,但没有找到合适的地方,于是,还是回到自己内心的深处,自己折磨自己,让自己受苦。他觉得要吐,他真的已经发现,一股可诅咒的风早就从远处,从城市和平坦的原野上吹来,企图把崇山峻岭也玷污和破坏。这种事儿正发生在群山万壑之间,那些打扮得花枝招展,梳着栗子色或榛子色头发的女人们四处游荡,增加生存的欲望,即使厚颜无耻地活着,也满不在乎。她们坐上了几辆颠簸不止的马车,正宗的女人兜风,同几个男人混在一起,任何事情都可能发生,除了男人们。什么是最坏的事情？这些打扮得十分妖艳的美人，竟然一直钻到了客房，出现在奥罗什，法典的摇篮。这一切不是偶然的，有的东西在周围迅速地蜕变，有的东西正在消亡。可是，他们却跟他算账，向他追究复仇流血的事儿为什么在减少。头一天夜里，他的主子对他说了不少话，在别的话语中，苦味蛮浓的有："有些人要求削弱先人们留下的法典。"王子斜视了一下马尔克·乌卡切拉。奥罗什的主人用那种眼神看他想要说什么？难道他，马尔克·乌卡切拉是个罪人，要他对近来法典尤其是复仇流血的内容受到削弱的迹象承担罪责吗？难道他没有闻到从阴阳不分的城市里吹来的恶臭味吗？这一点是真的，那就是这一年血税的收入减少了。可是，在这件事情上，并不是只有他是罪魁祸首，就像玉米的丰收，并不只是土地的管家的功劳一样。假如天气不好，王子他就将能看到会收获什么样的玉米。但是，年成不错，土地的管家就受到了王子的表扬。而血不是从天上降下来的雨水，他的收入减少的原因是一团迷雾，很复杂，对整个事情，他自然有自己的部分罪责。但是，这不只是取决于他，噢，如果他们给他更大的权力，把几件事情交到他手上处理，然后就让他们跟他算账，一直算到血税的收入，那样的话，他将知道自己该做什么。然而，虽然人们在他的可怕的大名"血的管家"面前不寒而栗，但是他的威力也不是那么浩瀚无边，因此，在拉弗什管理血的工作正在走下坡路，杀戮的数目在逐年地减少，特别是这一年第一季度下滑的情况，简直是灾难性的。他已经感悟到了这一点，而且忐忑不安地期待着他的助手们已经进行了几天的统计工作早点结束。统计的结果比他期待的糟糕得多：流入钱柜里的钱数都未达到上一年同期总数的百分之七十。这一情况发生的时候，不仅土地的管家，而且王子的所有其他的助手——牲畜和牧场的管家，借贷管家，特别是磨坊和矿藏管家（在命令下制造工具的行业，从木制工具到铁制工具），都把数额很大的收入投进共有的金库中。而他，这位王子的主要管家（别的行业的收入来自石楼的产业，而他的收入是从整个拉弗什搜集的），他，这个最重要的管家，从前搜集到手的钱相当于其他收入的总和，现在，费了很大劲儿，才挣到了总和的一半。

所以，头一天夜里的晚餐上，王子的眼神要比他的讲话苦得多。那个眼神仿佛在说：你这个人是"血的管家"，应该是复仇流血中主要的残酷无情者。你应该煽动杀人的人，给他以激情，当他消沉或昏昏欲睡的时候，你要把他唤醒，叫他发疯。但是，你给我们干的却恰恰相反，保护好你顶戴的头衔吧。这就是那个眼神要说的话。噢，上帝啊！马尔克·乌卡切拉站在窗户旁边感叹着。他们为什么不让他安静一下，他的烦恼难道还少吗……

他尽力把这一想法丢到一边去，弯腰到书柜下边，打开一个沉重的柜门，从里面取出一本非常厚的用皮绳钉着的本子。这是一本书，名曰《血之书》。他的手指在厚实的书页上翻了一会儿，纸上面那密密麻麻的字迹分成两栏，显得很紧凑。他的眼睛什么也看不明白，只是在数以千计的名字上面冷淡地扫了一下。那些名字的音节彼此很相像，恰似无际的海边上的小鹅卵石一样。上面有根有底地记载着整个拉弗什的世仇流血的情况，家庭或家族之间的血债，双方的清洗详情，未清洗的血仇，这种仇恨重复十年、二十年，有时一百二十年，欠债、还债，算不完的账，一代又一代人的消亡；血橡树，被叫作爸爸传下来的血；胆橡树，被叫作母亲传下来的血；用血洗刷掉的血；某某杀了某某，一个杀了另一个；一个脑袋换了另一个脑袋；杀死了四对夫妻；又杀死了十四个、二十四个；永无休止的有人率领的流血，如同带头羊领着羊群前进，引领着死亡者的新羊群前行。

这是一本很古老的书，就像石楼一样的古老，里面完整无缺。许多人家和家族已经平静地不流血地生活了很长时间，可是，突然间因为对某事产生了怀疑，因为一种预测，因为一个流言蜚语或一个半疯的噩梦，平静一下子就被打乱了，这些家庭、家族便派人到这儿来进行考察，这时书本才被打开，书页才被翻阅。这个时候，"血的管家"马尔克·乌卡切拉像他的几十位前任那样，打开厚厚的书本，逐章逐页、逐栏逐行地寻找家族世仇的来龙去脉，找着，找着，最后在某一个地方停了下来。"对了，您有一份血债需要偿还。在某年某月，您欠下了一笔债，没有洗清。"在这一情势下，"血的管家"的目光对长时间的遗忘流露出非常严厉的谴责的表情。他的目光看上去仿佛在说："你们的和平是带有欺骗性的，你们这些可怜的人！"

不过，这种事是非常罕见的。通常的情况是，一个家庭所有的成员，对全部流血事件是世世代代都铭记在心的。它们是家族的主要记忆，遗忘只有在发生了非常事件之后才能发生，这种记忆能延续很长时间。这是突如其来的暴风雨、战争、迁徙、流行瘟疫，这时候，死亡便贬值了，失去了它的庄严、规则和独立，成为了一种平常的、普遍的事情，回归为平淡无味和失去分量的行为。在这一席卷着泥土和死亡的愁苦的洪流中，是会发生丢失某一个复仇流血之事的记录的。但是，即使发生这种事情，很不光彩的书还是在那里，在奥罗什石楼里，尽管过去了许多年，尽管家族发达兴旺，像树木那样发出新枝嫩芽，但是，怀疑、谣言、半疯似的要把一切唤醒似的噩梦，总会有一天要到来的。

马尔克·乌卡切拉继续翻阅着这本厚厚的大书，他的目光一次又一次地停在复仇流血高潮的年份，或者恰好相反，在它低落的年份停下来，虽然他已看了它们并在它们之间比较了数十次，这会儿还是重新又把它翻了一遍，摇头晃脑露出不能理解的神情。在脑袋的这种动作中，有一种抱怨掺杂威胁的情绪，几乎是对过去时光的一种挑逗。现在来看看一六一一年到一六二八年的杀戮情况，这期间的杀戮数目是整个十七世纪中最高的。再来看看一六三九年的情况，这一年数量最少，这一年在全拉弗什，总共有七百二十二次杀死人的事情发生。那是一个可怕的年份，发生了两次起义，血流成河。不过，那是另外一种流血，不是法典中讲的那种流血。接下来，一连串的情况是：从一六四〇年到一六九〇年，连续半个世纪，流血逐年减少，血流起来如同泉眼渗水，一滴一滴的，看样子复仇流血快要到尽头了。但是，正是在复仇流血显得快要终止时，突然它又以新的势头爆发出来。一六九一年复仇流血的次数是上一年的两倍。一六九三年，这个数字上升到三倍。一六九四年又达到四倍。法典发生了一个根本的变化。在此之前，复仇流血只是对射手，即对持枪射击的人开枪报仇，而现在则扩展到对整个家族。在正要离开的本世纪最后的年代和新世纪最初的年代，复仇流血发展到了登峰造极的程度。情势如此地发展到接近世纪的中叶，这时候露出了一次新的旱灾的征兆。看看吧，一七五四年就是一个大旱之年。再稍晚一点就是一七九九年。一个世纪之后，一八七八、一八七九、一八八〇这连续三年，是发生起义或同外国占领者战斗的年份，这时候，一般来说，复仇流血的次数在下滑，这种流血与奥罗什石楼和法典无关。这是讨还不了血债的年份。

而这一年的春季是最糟糕的季节。对三月十七日那一天的回忆，几乎都让他颤抖了。三月十七日，他对自己重复说。如果没有在布雷兹弗托赫特发生的那次杀戮之事，那一天将是一个不流血的日子。是一个世纪，也许是两个、三个、五个世纪，或者说是自复仇流血开始以来第一个这样的日子，吉祥的日子。现在，当他独自一人翻阅书页的时候，觉得手指在发抖。瞧瞧吧，三月十六日，共有八次杀戮，三月十八日有十一次，三月十九日和二十日每天各有五次，而三月十七日这一天一次没有。想象将会有这样一天，想到这里，马尔克·乌卡切拉觉得那是个恐怖的日子，但是，并没有发生那种事情。这一灾难肯定要发生，但是，一个来自布雷兹弗托赫特，名字叫焦尔古的小伙子竟然挺立而起，并且血染了主子的日子，于是，就让他得救了……所以，一天前当小伙子来到这里交血税的时候，马尔克·乌卡切拉便用不寻常的充满同情与感激的目光望着他的眼睛，弄得小伙子不知所措。

最后，马尔克·乌卡切拉把这本厚重的大书放在了书柜底层的架子上面。他的目光第十次从当代的书籍和杂志上面滑过。负责管理这方面工作的僧侣，在整理书籍和杂志的时候，把法典反对者们写的文章的各种段落一次又一次地读给他听。在这些段落里，令马尔克·乌卡切拉吃惊和发疯的是，那些攻击法典的部分几乎是明目张胆的，或者是曲折隐晦的，甚至奥罗什石楼也遭到了攻击。哼！在僧侣朗读的过程中，马尔克像狗汪汪叫那样发疯。"往下念！"他越来越怒不可遏，在他自己卷起的怒涛漩涡中，不仅包括那些撰写恐怖和可耻的文章的人，而且还包括城市里和平原上所有的人，甚至还包括城市和平原本身，更不要说世界上全部低矮的地方了。

有几回，好奇心促使他一连听上好几个小时，在这些书籍和杂志中讲了些什么？他想知道。有一家杂志组织了一个公开的讨论会，会上讨论的事情是：法典及其严格的法律是有助于激起复仇流血，还是恰好相反，会阻碍它的发生？一方写道，法典的基本条款，像它所说的，血永远不会遗失，而且只有以血赎血。他们如此激励流血复仇，这些条款是很残忍的。另外一些人与此不同，他们写道，这样的条款从表面上看是凶残的，但从真实的情况来说，却比较人性化，因为正是法律上说了以死还死，才事先阻止了杀人者杀戮的行动，警告说不要杀人流血，如果你要杀人，到头来，你自己也得流血。

对马尔克·乌卡切拉来说，这种种的文章是可以忍受的，可是，还有其他一些文章却让他火冒三丈，大为恼火。这样的文章是很无耻的，让王子几夜没睡着觉。而且文章中还附有统计表格。这是一篇匿名文章，四个月前在其中一家可诅咒的杂志上发表的。表格上提到的奥罗什石楼最近四年血税总收入的统计数字十分准确，很叫人感到吃惊。同时还与其他收入，例如同玉米、牲畜、出售土地和矿藏、高利贷利息的收入作了对比，得出了几点荒唐的结论。其中的一点是：说什么在我们的时代，随着一切事物变丑变坏，法典的基石，例如"诚信"、"复仇流血"、"朋友"这些阿尔巴尼亚生活中伟大、崇高的主旨，随着岁月的流逝改变了性质，慢慢地演变成一部非人的机器，按照文章作者的观点，变成了追逐利润的资本主义企业。

在这篇文章里，使用了许多外来词，马尔克不懂，僧侣耐着性子讲给他听。例如用了这样一些术语："血工业"、"血如同商品"、"复仇流血机制"。而文章的标题如同魔鬼一般可怕："复仇流血学"。

王子对此自然有办法，通过自己在地拉那的人的努力，立刻取得了禁止那家杂志出版的胜利。但是，尽管王子使出了全部力量，还是没查到文章的作者。不过，停止那家刊物出版并没有让马尔克·乌卡切拉得到安宁。事实是，那些东西甚至是人经过深思熟虑之后写出来的，是可怕的。

墙上的挂钟敲了七下。他又走到玻璃窗前面，就那样地站在那里，无精打采地向远处的山峦望去，感到自己的大脑由于思虑事情太多、太密集，正在变得有些空荡荡的。不过，像平时一样，这种空虚感只是暂时的，慢慢地，脑子里又聚满了一堆乱七八糟的想法，像灰蒙蒙的云雾一般说不明看不清。这是一点比雾浓，比思想少的东西，是介于两者之间，宽泛、补不满、混浊不清的东西。刚刚打开一部分，另一部分立刻就又给覆盖上了。马尔克觉得就这样可以继续几小时，甚至好几天。

面对拉弗什高原之谜，他的思想变得如此停滞，已经不是第一次了。对所有的人来说，拉弗什都是一个宽容的、正常的和合乎情理的世界。世界的另一部分，就是"下面那个地方，不是别的，只是低洼的沼泽地，只能传染疾病的堕落"。

如同先前每一次那样，马尔克一动也不动地站在玻璃窗前面，竭力用思想徒劳无益地控管拉弗什无止境地扩展，它从阿尔巴尼亚的中心开始，一直延续到国界以外。整个这块高山平原与马尔克联系在一起，一直联系到从它的四面八方交来的血税。然而，高原却成了他的一个谜。掌管土地和葡萄园的管家，或掌管矿藏的管家，他们的差事都是轻松的。玉米和葡萄一旦得了黑斑病，靠眼睛看就能发现。矿藏开采完了，也能看得到，而他有幸分管的领域却是显现不出来的。有时他觉得正在猜中这个谜，把它存在脑子里，最后再把这个谜团解开。可是，慢慢地，它又离开了，宛如天空那些云彩不可思议地飘动变形一样。于是，心思又重新回到死亡的天地里，徒劳地费力，要找到如何让土地变肥沃、让颗粒不收的土壤能结出丰硕果实的办法。那是另外一种干旱，经常在降雨的天气里和冬季中间发生，因此便比任何事情都可怕。

马尔克·乌卡切拉叹了口气，用憔悴的眼睛望着远方，尽力想象着大拉弗什无限向四周延伸的情景。它布满了许多高高的平地、小溪、深谷、白雪、草地、村庄、教堂，但是这些并不能引起马尔克·乌卡切拉的兴趣，对他来说，整个大拉弗什只分作两部分：产生死亡的一部分和不产生死亡的另一部分。在死亡那部分里有田地、物资和人。像许多次那样，在他的脑海里慢慢地浮现而过：成百上千条大大小小的灌溉田地的水渠，从西向东或者由南向北流淌，在水渠边上发生了许多许多次争斗，然后就引发出无数次流血；数百条磨坊的水沟，数千块地界的界石，在它们附近同样发生争吵，争吵过后就是复仇流血；成百上千个亲戚，他们当中的一部分人由于各种原因撕破脸皮闹翻了，带来的后果只有一个：对死者哀悼；拉弗什所有的男人都是危险的，他们性情暴躁，犹如星期天玩一件玩具一般，跟死闹着玩。凡此种种以此类推。而穷困贫瘠那一部分，不幸得很，拓展得是那么广，那么大；那些墓地看上去好像被死亡撑饱了，接受不了死者了，因此，在这些地方禁止杀戮、争吵，甚至连交谈也不允许；那些由于杀戮的原因或死亡的环境被法典宣布为无权复仇杀戮的人；僧侣们永远不会陷于复仇流血的事情中；拉弗什所有的妇女也和复仇流血不沾边儿。

有多少次，马尔克独自想过发疯的事情，这些事情他从来不敢告诉任何人。假如女人们也像男人们一样陷入复仇流血的事情中……稍过些时候，他为自己感到羞愧，甚至感到一种恐惧，但是，很少有发生这种事情的时候，这种恐惧感更多的是每月或季度的末尾，他看到统计数字产生了伤心失望的情绪造成的。他很疲倦，尽力想从乱事中排除这种想法，但是并没有收到什么效果，于是又回到了原处。不过，这一次不是为了咒骂、反对法典，而只是为了比较简单地摆出一副惊奇的样子。他是感到惊奇了，通常婚礼都是欢乐热闹的，但是却经常发生争吵，开始复仇流血，而在悲伤的葬礼上,却几乎从来不发生这种事情。想到这里,他把新旧复仇流血作了一番比较。这两种复仇流血各自都有好的方面和坏的方面。旧的复仇流血好比是耕耘了很久的土地,很牢靠,但土质有点生冷,耕耘起来也慢。而新的复仇流血却恰好相反,它是气势汹汹的,有时一年里带来的死亡数目跟旧的二十年带来的死亡数目一样多。但是这种流血能清理得干干净净,与先前一样。经过某种调停,仇恨就可以很快结束。而旧的复仇流血是很难调停和解的。人们一代又一代,还是在摇篮里就如此习惯于这种复仇流血的事情,因为无法想象没有复仇流血的生活是个什么样子,所以就根本没想能够从复仇流血中得到解脱。这句话没有白说:流血之仇在积攒,如同橡树一般长到第十二年,要想拔掉它,那是难上难。不管如何,马尔克·乌卡切拉还是得出了一个结论:两种复仇流血都有自己的特点,旧复仇流血有其历史渊源,新复仇流血有其活力,二者相辅相成,一种遭到损害,另一种也要受到影响。比如说近来的情况吧,很难弄明白两种复仇流血究竟是哪一种首先被削弱。"噢,上帝啊!"他大声喊道,"如果照此发展下去,我就将彻底完蛋了。"

挂钟孤独的响声让他发抖,他数着这响声:六下、七下、八下。在门后边,在走廊里,听不到别的声音,只能听到扫帚轻微的唰唰的扫地声。客人们还在睡觉。

虽然曙光稍稍增加了一点亮度,但依然还保留着从远处传来的那种充满敌意的寒气。噢,上帝啊!他叹了一口气,气叹得如此之深,他简直都觉得肋骨就像一座要倒塌的破木板房的梁木一样颤动起来。他的目光又失魂落魄地停留在群山上面孤寂地变幻着模样的灰色的天空，怎么也不能明白是他让它们变得阴暗了，还是他自己心底里的阴暗是它们造成的。

马尔克·乌卡切拉用质疑、威胁、祈求怜悯的目光望着自己。你怎么了？那目光仿佛在向眼前的天空说，你为什么变成了这个样子？……

他常常觉得是很了解这个拉弗什的。关于拉弗什人们说它是欧洲最广大、最巍巍庄严的地方之一，因为它在阿尔巴尼亚之内绵延出几千平方公里的面积，然后还继续绵延到国界以外。过去他曾这么想过，可是近来他越来越觉得有点东西在疏远他。他的心思在贫穷的高原上痛苦地游荡，想寻找到那点不可理解的东西，甚至说得更坏些，是想知道在光天化日之下那点带有讽刺意味的东西是从哪儿来的。特别是当风发出飕飕的呼啸声，高山变得孤零零的时候，他便觉得那种东西好像是格格不入的陌生物。

他知道死亡的机器就在那里，从很古老的时候，谁也记不得的年代就设置在那里了。还有使用水运转干活，日日夜夜工作的磨坊以及它的许多秘密，作为"血的管家"，他比任何人都了解得更清楚。但是，这并没有帮助他排除那种疏离感。于是，好像是要使自己相信事情恰好与此相反，开始狂热地施展想象力，让那寒冷广袤的原野、天空在他的脑海里舒展开一幅奇特的图画；这张画确实非同一般，是既像地图又像丧餐桌上的面巾，介于两者之间的一种画面。

此刻，在藏书室书柜的玻璃窗旁边，他的脑海里正浮现出那幅悲哀的图画。他的脑子里展现出拉弗什全部可耕的土地。它分成两大部分：可耕的土地和因为复仇流血而闲置的荒芜的土地。这一切有一条简单的规则：要报仇雪恨的人们耕种土地，因为轮到他们讨还血债了，因此任何人都不能威胁他们自由地到田地里去劳作。而那些需要偿还血债的人，却恰恰与此相反，他们把土地搁置一边，让土地荒芜了，因为他们需要把自己关进庇护楼里，让自己得到保护。可是，这些有血债讨还的人要杀人的时候，这一情势立刻就改变了，他们从一个讨还血债的家族的人变成了偿还血债的家族的人。这就是说，他们变成了杀人者。顺理成章地躲进庇护楼里，撂下他们的土地，让它变得一片荒芜。而他们的敌手却与此相反，他们结束了杀人者的生活，离开庇护楼，因为轮到该他们杀人了，所以毫不担心，自由地耕耘土地。这种杀戮的情况影响着未来。一切就如此周而复始地延续下去。

马尔克·乌卡切拉每当因为石楼的公务，出行到山里的时候，眼睛总是盯着土地不停地观看，不过，看耕地的次数要比看荒地多得多。一般说来，耕地要比荒地多。它们占全部庄稼地的四分之三。可是，有些年情况有变化，荒地变多。同耕地相比，荒地增加了百分之三十、百分之四十，有几次，荒地和耕地的数量持平了，甚至记得有两年，荒地面积竟然超过了耕地面积。不过，这是从前的情况。渐渐地，随着复仇流血的衰落，荒地面积逐渐少了起来。那些荒地是马尔克·乌卡切拉眼中的一大快乐，它昭示法典处处还都是强有力的。全部的家族允许土地荒芜下去，家族挨饿受苦，只要能报仇雪恨就行。同样，还有些家族与此相反，推迟报仇的时间，逐季逐年地往后拖，以达到能够收获更多玉米的目的，这要比长时间关在庇护楼里好得多。法典中说，你可以自由地保持你勇士的气概；你也可以弱化它。在玉米和报仇雪恨之间，任何人都可以选择自己喜欢的一种。一些人不知羞耻地选择了玉米，另外的人与此相反，选择了报仇讨还血债。

马尔克·乌卡切拉曾经有机会目睹那些投身于复仇流血的家族的一块连着一块的土地。景象经常是一样的：耕地和荒地。在种了玉米的田地里的土块上，马尔克·乌卡切拉觉得有一点可耻之物。田野里散发出的水汽，泥土的气味以及它那女人一般的柔软，都给他增加了忧伤。而旁边的荒地，连同那时而像皱纹，时而像绷紧的颧骨，几乎都让他流泪了。在这片大山上，到处都是一种景象：耕种的田园和荒芜的土地，在路的两侧一片挨着一片，怀着仇恨彼此相望。更不能叫人相信的是，一个季节、两个季节后，它们的命运就将改变：荒芜的土地突然变成了肥沃的土地，而耕种的土地又回到荒芜的状态。

那天早晨，马尔克·乌卡切拉也许是第十次唉声叹气了。他的思绪还在远方，从土地转到公路上，为了执行公务，他曾经徒步或骑马走过这些公路的一部分。万恶的群山大道，美丽的林荫大道，黑德林河路，白德林河路，糟糕的路，通往各个旗的大道，十字大道。所有这些道路，他都走过。拉弗什的人们，白天黑夜都从这些道路上经过。这些道路的特殊地段受到永恒的诚信的保护。这样一来，在通往各个旗的大道上，从石桥到大栗子一段，受到尼卡伊和沙勒诚信的保护，任何人在那里遭到伤害，都由尼卡伊和沙勒地区的人为他报仇。同样，在美丽的林荫大道上，从雷克田地到聋人磨坊也受到永恒的诚信的保护。整个古拉伊路到冷河同样也受到诚信的保护。尼卡伊和沙勒的客栈也是如此。在十字大道上的老客栈（马厩除外）受到诚信保护。寡妇客栈连同它的北门外四百步范围以内的公路路段，还有仙女河周围长、宽各四十步范围之内的八条河谷，雷泽客栈以及群鸟草地，也都受到诚信的保护。

他尽力逐一回想所有其他受某某人的诚信保护的地方，也回想被一切人的诚信保护的地方，就是说在那些地方不许杀人流血，就像所有的磨坊无任何例外那样，还包括左、右四十步范围之内的地方，还有所有的瀑布以及左、右四百步之内的地方，一律都不允许杀人流血，因为石磨摩擦发出的轰隆隆的响声和哗哗的水流声不让人听到射击者示警的喊声。法典任何时候对一切事情都不忘记。有好多次，马尔克·乌卡切拉打消了寻找这些地方的念头，不知那些被诚信保护的地方是限制了复仇流血的发生，还是恰恰相反，倒是增加了复仇流血的次数。他有时觉得那些地方被宣布保护每个过路者，这就把死亡赶到了一边。但是，有时又有截然相反的感觉，正是那些路段或客栈做了承诺，保证为那些可能在这里遭遇伤害的人报仇，所以会导致发生新的复仇流血。一切就是如此，在他的脑子里，有一种模糊不清的想法，跟法典中的许多事情讲得含糊不清没有什么两样。

对于在拉弗什四处传唱的许多关于复仇流血的颂诗，他也提出过同样的问题。在拉弗什的乡村里和整个地区有许多民间歌手。没有哪条路上见不到他们，也没有哪家客栈听不到他们吟唱。是增加了还是减少了死亡的数量，很难弄明白。有那样说的，也有这样说的。那些口口相传的历史故事，古老的或稍微远一点的事件讲起来也是一样。那些历史故事，那些大大小小的事件，都是在冬天晚饭后，围着火炉讲述，然后便随着行路者向四处传播。等到某个夜晚重新再聚首时。原来所讲述的一切都有了变化，如同随着时间的推移先前的热情好客也发生了变化一样。讲述的这些历史故事、事件的一部分曾发表在那些讨厌的杂志上，有时他也见到过。那些杂志一排排地摆在那里，宛如躺在棺材里似的。因为对于马尔克·乌卡切拉来说，书上印出来的不是别的什么，只是口中讲出来的或在古丝理琴伴奏下吟唱出来的故事的尸首。

不管怎么说，他喜欢还是不喜欢，所有这一切都和他的工作联系在一起，甚至两周之前因为他的工作开展得不好，王子准备对他提出批评时，以一种严厉的口气提到了这一点。真实的意思是怎样的呢？他的话有点儿不透明，但多多少少还是讲明白了：如果你，"血的管家"，这项工作让你感到厌烦的话，你可不要忘记，许多人对它可是垂涎三尺呢，甚至不是随便什么人，而是受过高等教育的人。

这是王子第一次提到了高等学校，而且还带着一定的威胁意味。还有另外几次，他叮嘱马尔克·乌卡切拉要在神父的帮助下去学习一切与复仇流血有关的事物，不过，这一次讲话的音调很尖刻。马尔克·乌卡切拉觉得太阳穴被压得发紧。王子，你去任用一个浑身散发着香水味的受过教育的家伙吧，把他放在我的位置上吧。他活像一匹马似的在内心咆哮道。任用受过教育的"血的管家"吧，因为你对大学感兴趣，喜欢大学嘛，可是，等到了第三个星期，这个新的嘴边没毛的管家跟你闹起来、发疯的时候，你就要想起马尔克·乌卡切拉了，哼！

有那么一会儿，他让他的想法恶狠狠地游荡起来，从一个推测转到下一个，但是，当一切都没什么好的结果，就那么完结了的时候，王子后悔了，他马尔克·乌卡切拉获得了胜利。不管如何，我应当到拉弗什四处走一走，转一转。当他感觉醉酒后一时的兴奋劲正消退时，对自己说。为王子准备一份报告可不是一件坏事，就像四年前写的那份报告那样；在那份报告里，对当时的形势和对未来的展望，提供了准确的数据。也许是王子的工作开展得不顺利，嘿，向谁发泄不痛快的情绪呢？就找马尔克·乌卡切拉发泄吧。不管怎么说，王子是他的主子，管家是不能去评判主子的。想到这里，马尔克·乌卡切拉的气愤劲儿全消了。一时间聚结起来的恼怒情绪消散了，心思又重新跑到很远的地方，跑到千山万壑之中了。说真的，他的出行还确实是必要的，刚才他的自我感觉那么不好，也许路上走一走会让他感到轻松些，减少一点最近这段时间心里的苦恼，睡眠情况也可以得到改善。除此之外，在王子面前消失一段时间也有好处。

出行计划开始慢慢地形成，没有特别的激情，但很执着。他又像刚刚考虑过的那样，开始把将要走的路在脑子里过了一遍，不同的是这一次出行要走的路是同他的山民鞋或他的马掌紧密相关的，这些事儿在他的想象里是不同的。想象中还有他可能住宿的客栈、石楼，夜里马的叫声和咬人的臭虫。

这将是一次公务出行，在此次出行中，他大概应当重新去看一看在脑子里已经勾勒出来的地方和东西,如死广磨坊及其磨石、工具、轮子和不计其数的小轮子。去逐一地检查所有的机器零件,要找出机器在何处停止了运转,什么东西锈死了,工作起来不顺当或者是什么东西断了。

噢,好难受,胃里刀剜一般的疼痛让他叫了一声。你好好瞧瞧,你身上什么器官出了毛病,他想对自己说,但是,却把自己的想法斩断了一半。他想,胃里那种空荡荡的恶心的感觉,换换空气就能消失掉。对,对,尽量早点出发,离开这里才好。把这一切都逐一地看一看,和人们,特别是和法典的阐释者多谈谈,征求他们的意见,去庇护楼里好好看一看,与神父们见面,问一问是否有人背后嘀咕,说反对法典的坏话。记下他们的名字,让王子把他们驱逐出去。等等。马尔克·乌卡切拉的思想活跃起来了。他真的可以向王子打一份详细的报告,把这一切都报告给王子。马尔克在藏书室里开始来来回回地踱起步来,有时在窗户旁边停一下,一旦想起点新事儿,又重新开始活动起来。正是这会儿,他想起了法典的诠释者们,王子一向重视他们的讲话。他们在整个拉弗什地区大约有两百人,不过其中有名的只有四十人。不能会见所有这些有名的人物,那至少也应当会见一半。他们是法典的栋梁,拉弗什高原的智囊。对于形势他们一定会提出某种意见,对于道路的选择也许会提出某种建议。事情肯定将是这样的,虽然他不应当仅就这些而感到满意。一个想法告诉他,不单单是同这些人见面,而且还要下到死亡的基地,到复仇杀人的人那里去,那样去做,将是一件好事。到各个庇护楼里转一转,同隐居在那里的人面对面交谈,他们是法典中的面包和盐。最后的一个想法让他感到特别愉快。无论著名的法典诠释者讲出多么聪慧的话，涉及法典关于死亡的最后一句话，总是属于复仇杀人者。

他擦了一下额头，尽力去回忆两年前他搜集的有关庇护楼的材料，这会儿他准确地回忆起来了。在整个拉弗什共有一百七十四座庇护楼，大约有一千个男子汉躲在里面隐居，他努力去想象那些庇护楼都是什么样子。这里一座，那里一座，分布得很零散，阴森森的，显得凶险可怕，带有许多黑黑的窥孔和反锁着的房门。它们的形象同一道道水渠联系在一起，由于这个原因，一部分受庇护的人才住在那里；它们的形象也与受诚信保护的道路、客栈有联系，同法典诠释者、纪实作品的作者、古丝理琴演奏者有联系。所有这些都是一部古老的一直不停歇地工作了几百年的机器的螺丝、传送带、小轮子。他又重复一遍：日日夜夜永不停歇地工作了数百年。不论是夏天，还是冬天，一直是这样。但是，打碎一切事情的制度的日子——三月十七日来到了。对这一事情的回忆让马尔克·乌卡切拉又叹了一口气。他觉得，那一天如果真的就那么过去了，就像勉强过去那样，这整个死亡磨坊、铃铛、重重的磨石、弹簧和无数个小轮子，将要发出不祥的摩擦声，从基石到峰巅全部摇晃，直到被破坏，粉碎成一千个碎片。

噢，上帝，那一天可不要到来，他说道。他再一次觉得在胃和心脏之间有一种犯恶心的滋味。然后，混合着恶心感，他再次回想起头一天晚餐的一些时刻，王子流露出的不满意的情绪，开头片刻的欢乐立刻消失掉，被一种痛苦的心情取而代之的种种情景。让这一切见鬼去吧！他对自己说。这是一种特殊的痛苦，像具有一定厚度的灰色的软绵绵的东西，静静地渗透到一切地方。它是没有钻孔的尖槌，它是无痛的宰杀。噢，他愿意一千次都是这个样子，有什么东西可以做成一个面团，使人无法钻进去。而它们更是要他的命，让他被欺压得焦躁不安。关于这一切，他没对任何人说过。三个星期以来，这种感觉越来越频繁地出现。突然，他向自己提出了一个问题，这个问题被他一天推一天、一夜推一夜地搁置好久了：莫非他有晕血的毛病？

七年前，他有过这种情况。当时他请各式各样的医生看过，也吃过各式各样的药，但是，全都无济于事。直到后来，一位来自贾科瓦①的老头对他说："你吃药和看医生都没有用，我的孩子。无论是医生，还是药品，统统都治不了你的病，你是晕血。""血？！"他感到很惊奇，"我没杀过人啊，老人家。"老头回答他："你没杀人，这个无关紧要，孩子，你要是杀了人，你会觉得比较轻松，可是，你的工作就是这样，所以你才晕血。"老人还向他介绍了其他一些"血的管家"，他们当中的多数人都患有这种病，甚至更糟糕的是，他们没治病就离开了人世，而他却能在奥罗什那边的高山峻岭上养好自己。都说高山上的空气对抗击那种病是很适宜的。

七年里，马尔克一直很平静，只是最近一段时间这个病才又现出迹象。这种工作想对我怎么样？他对自己说。一个人的血，一旦叫你发晕，就很难战胜它。可是，当一种不知从何处开始，到何处

---

① Gjakova，科索沃靠近阿尔巴尼亚东北部边境的一座小城，以制造小巧玲珑的手工艺品著称。

结束的血使你晕倒,你该怎么办?那不是一个人的血,而是在拉弗什高原上四处流淌的多少代人的血汇成的河流,混合着老年人和年轻人的血,流淌了多少年和多少世纪的血的河流。

不过,也许不是那种病,他抱着最后的希望叹了一口气。也许很简单,是一种短时间的烦愁,否则,我就要发疯了。他伸了一下脖子倾听着,因为觉得听到了门后的响声。还果真是那样。从走廊里传来了一扇门的吱扭声,然后是脚步声和谈话声。

客人们都醒了,他想。

第五章

三月二十五日，焦尔古回到布雷兹弗托赫特，赶了一天路，几乎没休息。与去的时候不同，回来时整个路上，他始终不停地处在天旋地转、迷迷瞪瞪的境域中。这样，他觉得路比原来短多了。甚至当认出来到了村边时，都有点惊奇了。连他自己也弄不明白是为什么，他竟然放慢了脚步，而且心脏也跳得慢了。与此同时，他放眼张望，在周围的小山上寻找点什么。积雪上斑斑点点的污垢已经融化掉了，他对自己说。而那些野石榴树还依然在那里。但是他还是颇为轻松地叹了口气。谁知道他为什么感到雪上的污垢对他将是残酷无情的。

还有那个地方……一个不大的石头堆，在他离开村里的这段时间，已经码起来了。焦尔古在石头堆前面停下脚步，刹那间，他觉得自己要冲上去，与这个石头堆搏斗一番才是，把石头挪开，扔到四周去，不让它留下一点痕迹。可是，就在他脑子里琢磨着这样一个举动的时候，一只手像发了疯似的，要在石块铺的路上找一块石头。他终于找到了一块，用一种异乎寻常的动作，似乎把手甩出去了一半,把石头投到了石堆上。石头发出震耳欲聋的响声,挨着别的石头滚了两三下,直到在别的石头旁边找到了位置。焦尔古的眼睛没有离开,几乎怀疑这块石头将再一次离开原地。但是,现在它就在那里,显得更自然,似乎是老早以前就扔在那里的。不过,虽然是这样,焦尔古并没有挪动一步。

他那凝滞的目光注视着石堆。是……什么东西留在了那里(他是想说:那个人生命中的)?而对自己是这样想的:他的生命中留下了什么东西?

那种忧虑,那些不眠之夜,跟父亲无声的争吵、犹豫不决、评判、苦难,经常不断产生的不是别的什么,只不过是这些光秃秃的毫无意义的石头而已。他试图不理会它们,离它们远远的,但不可能。周围的世界开始消融,一切的一切都变得轻飘飘的了。剩下来的只有他和他面前的一堆石头,只有他们两个。焦尔古和石堆,在世界的地面上,他们完全是孤立的。在抽噎当中,差点儿大声喊叫出来:这是为什么?这一切有什么必要吗?这个问题赤裸裸的,毫不遮掩,如同下面的石头一般裸露无遗,从各个方面伤害他,让他疼痛。噢,上帝啊!因为疼痛,他终于要竭力活动活动,离开这里,尽量到离这儿最远的地方,越远越好,即使到地狱去也可以,只要不待在这里就行。

焦尔古的家人以平和的温馨的情意迎接了他。爸爸简短地问了他一下路上的情况。母亲眼睛模糊不清,偷偷地看了他几眼。他说,因为赶路和缺觉,所以觉得特别累,这样,他就倒下去睡觉了。有好长时间登石楼的脚步声和小声说话的声音像难听的噪音打搅得他很难入眠,直到他最后睡着为止。第二天醒得很晚。我这是在哪儿?他对自己说了两三次,然后又睡过去了。当他起来的时候,觉得头很沉,好像往里面塞了海绵。他什么都不愿意做,甚至连想都不愿意去想。

整整一天就那么过去了。第二天、第三天也是这么过去的。他在石楼里转悠了两三次,时而目不转睛地打量早就该修理的一部分篱笆墙,时而又看看右墙角头年冬天里塌陷下来的屋顶。但是,对干活儿他一点儿都不感兴趣。最糟糕的是,他觉得修理它们是没必要的。

已经是三月的最后几天,四月很快就将到来,这是白天和黑夜各占一半的月份。这是死亡的四月。假如死不了,那他就得进庇护楼,一半黑暗的环境将损害他的眼睛。这样,即使能活条命,也将看不到这个世界了。

那些迷迷瞪瞪、似睡不睡的日子过去之后,他的思绪又开始活跃起来,脑子里转的第一件事,就是要找到一条逃离死亡和失明的道路的可能性。但是,除了一条路之外,再没有别的路。对此他想了很久:当一名流动劈柴人。一般说来,离开拉弗什的山民都是这样当了劈柴人。一把斧子背在腰后(他们把斧柄紧紧地别在毛坎肩脖颈后的领子里,腰部和脖子后面,一半是黑色的闪着亮光的斧头,好像是鱼鳍),从一座城市到另一座城市,发出悲凄的拖着长音的叫声:"劈—木—头!"不!还是待在死亡的四月里吧(此刻他坚信,这个只存在于他的思想意识里的词,已经被所有的人所理解和运用）。是的，留在这儿要比到那些地方好得多。贫困可怜的劈柴人奔波在城市里雨水哗哗的路上，待在围着铁皮的地下室的几个窗户旁边；那些窗户终年被一层黑灰所覆盖（在斯库台，他就在这样一个窗户外边看见过一个劈木柴的山民）。不！待在死亡的四月里比到那里好一百倍。

三月份倒数第二天的早晨，当他踩着石头台阶下石楼时，他与父亲碰上了，面对面地站在老人前边。在父亲跟他说话之前，他不想沉默不语，可是，还是谁也没吭声儿。沉默之后，从一堵墙后边（好像有谁躲在那里）传来了父亲的话：

"嘿，"父亲说，"焦尔古，你要找什么话跟我说？"

这时焦尔古对父亲说：

"爸爸，在我剩下的这些日子里，我想出去再看上一次这些山这些岭。"

父亲凝视着儿子的眼睛有好一会儿，一句话也没说。焦尔古迷迷糊糊地想：现在对于我来说，出去还是不出去反正都一样。说到底，不值得为这样一件事再跟父亲争吵，到这一天为止，他们已经争吵得够多了。两个星期之前，两个星期之后，没有什么大的区别。真的，他可以不去看那些山那些岭，甚至说，废那些话毫无用途。他准备要说：不需要了，爸爸。可这时候，父亲已经上楼了。

稍过片刻，父亲手里拿着一个钱袋下来了。这个钱袋与那个装血税的袋子相比，可是小多了。

父亲把小钱袋递给儿子，说道：

"去吧，焦尔古，祝你一路平安！"

焦尔古把钱袋接了过来。

"谢谢,爸爸。"

父亲的目光没有离开他。

"但是,你不要忘记,"他小声对儿子说,"对你来说,诚信保证期四月十七日结束。"

看样子,好像他嘴里缺了点什么。

"不要忘了,儿子。"父亲又重复了一次。

焦尔古在路上已经逛荡几天了。各种道路,路边上的客栈,陌生的面孔。他在自己的村子里与世隔绝了一段时间,经常思念僵滞不动的拉弗什,特别是它在冬季里的景象。但是,情况并非如此,拉弗什是个活动很频繁的地方,人们从四面八方来到中心地,然后又从中心地奔回各个地方。有些人从左边来往右边去,另外一些人恰好相反,是从右边来往左边去。有些人上山,有些人下山,而大多数上山和下山的人都是同一次旅行走往返路。他们来来回回、往返得是那么勤,以至于走完了路之后,连自己都搞不明白,总的来说这路是在下坡还是在上坡。

有时焦尔古回想这些天的日程是怎么安排的,他觉得时间过得太不寻常了,直到一小时前,他感觉一天是那么漫长,实在是漫长。可是,后来,突然间,犹如一滴水,刚刚在山花上颤抖了一会儿,冷不防就掉在了地上,一天就折断了,结束了。已经进了四月,可是,春天很艰难地露出脸来。阿尔卑斯群山的山巅上面,有时现出一条淡蓝色的边际,他觉得痛苦难忍,憋得他简直都要喘不上气来了。就是啊，都是四月了，偶尔碰上在客栈里相识的过路人到处都这么说。春天是有时间性的，今年的春天来得太晚了。他想起了父亲嘱咐他的关于诚信保证期的话，或者说得确切些，不是嘱告的全部，甚至说也不是嘱告的一部分，而只是最后讲的"儿子"这个词。同他在一起的只有从四月一号到十七号半个月的时间。在所有的人的思想里，四月是完整的一个月，而他所拥有的挺特殊，只有一个月的一半。后来，他尽力不去想这些事情，倾耳去听那些过路人讲的故事。他感到很惊奇，这些人的背包里可以没有面包和盐，但从来不能没有故事。

在客栈里，他能听到各种各样的事件和历史故事，听到各种各样的人和各种时期的事情。他常常稍微靠边儿一点待着，谁也不打扰，只是侧耳去听人家讲故事，这让他感到挺惬意。有时他精神溜号，努力从赫赫有名的史实中寻找些片断，与他的生活掺和在一起，或者反过来尽力把他的生活中的一些片断与别人的史实相掺和，有时掺和得挺容易，有时就做不到。

也许就这样一直延续到最后，好像什么事情也没发生似的。一天，在一个叫作"新客栈"的客栈里（多数客栈不是用老客栈就是用新客栈的名字命名），听人说起一辆马车……一辆里面装饰着黑色天鹅绒的马车……一辆有着奇妙的门把手的城市马车……难道是她？他对自己说道，挺身站了起来，要听得更清楚些。对，是她。人们谈论着这位长着一双明丽水灵的大眼睛和一头长长的栗色秀发的漂亮女人。

焦尔古浑身战栗，向周围环视了一圈，连他自己都不知道这是为什么。这是一家没打扫过的客栈，弥漫着烟的苦涩味和湿漉漉的羊毛味。似乎这还不够，谈论女人的那个人的嘴里，随着话语一起喷出来的还有烟和洋葱混合在一起的臭味。焦尔古回头前后左右扫了一眼，仿佛要说："稍停一停，在此处你们嘴里念叨她的名字，这个地方合适吗？"然而，他们还继续又说又笑。焦尔古继续待在那里，好像掉进了陷阱，处于听与不听的境地，耳朵里嗡嗡直响。猛然间，他完全搞清楚了自己出来逛一逛的原因。他竭力要对自己隐瞒这个原因。他顽强地要把它从脑子里赶走，把它压下去，他以为已经把它深深地锁起来了。然而，原因就在那里，在他的心中：他出来逛逛不是为了观赏高山峻岭，而首先是为了再见到一次那个女人。他寻找过她，连自己都不知道是为什么；寻找过装饰着花边，安设有软座的马车。这辆马车在拉弗什的高山峻岭中间不停地跑啊，跑啊，而他却在遥远的地方偷偷地小声说，蝴蝶般的马车，你为什么到这一带游荡呢？这个马车还真的有点奇特，外部蒙着黑罩单，门上安的是青铜把手，车尾还能颤动，这让他回想起从前单独一个人旅行时，在斯库台的大教堂里，在长长的一队人和一部风琴发出的沉痛的乐曲声中，他看到的一口棺材。在这辆又像蝴蝶又像棺材的马车里，有一位长着栗色秀发的女郎的眼睛；这双眼睛流露出的神情一下子就把焦尔古给吞噬了。那眼神给他的感觉是那么甜蜜，心里受到的震撼是那般强烈，是他从这个世界上的任何人那里都未曾得到过的和未感受过的。有生以来，他注视过许多人，自己也被许多女人的眼神注视过，火辣辣的眼神，含羞的眼神，醉人的眼神，装模作样的眼神，娇滴滴的眼神，温婉含蓄的眼神，趾高气扬的眼神，各种各样的眼神，他见到的多着呢，可是，从来没有被像这位女郎的这种眼神如此注视过。这眼神很遥远，同时也很近；既可理解，又不可理解；既显得陌生，又充满同情。在那种眼神之下，除了具有一种火热的激情，增加你的分量之外，还具有降温熄火的内在特质，要把你送到遥远的地方，送你到死亡、生命以外的世界里，送你到可以平静地看到自己的地方去。

在他的那些夜晚（断断续续的睡眠竭力要把那些眼神胡乱地给遮掩过去，犹如稀疏的星星使劲要遮住秋天的一片黑黝黝的天空），她的那种眼神是他在睡意蒙眬的状态中唯一不消融的至宝，存在于他的内心里，如同丢失的不发光的钻石一样。为了制成它，耗费了世界上所有的光亮。

不就是这样嘛，为了再遇上一次那双眼睛，望上一次她那醉人的眼神，向大拉弗什的中心地出发了。可是，在那家挺脏的客栈中央，在苦溜溜的烟味旁边，那些满嘴牙齿损伤不齐，说话漏风的人，讲起这个女人，居然像谈论最平淡的事情似的。焦尔古霍地站了起来，从肩膀上把枪摘下来，向他们开火，一枪，两枪，三枪，四枪，把他们全打死了，然后又打死了赶来救助的人和客栈的主人以及偶尔来到此地的宪兵。然后，他冲出门外跑了，再一次向追踪他的人开枪，向另外一些追踪者开枪，向所有的跟踪而来的村庄、各个旗、各个地区开枪……他考虑了这一切，而真实的情况是，除了从原地站起来，走到客栈门口之外，他什么事情都没做。冷风吹拂着他的额头，他半闭着眼睛，就那么站了片刻，而脑子里，连他自己都不知道为什么，竟然浮现出许多年之前，九月里阴霾潮湿的一天，在专区玉米仓库前面的一个长长的队伍里人们说的一句话：城里的姑娘们亲吻了你的嘴唇。

因为在此次出行的一部分路段上，注意力总是四处分散，所以焦尔古觉得，他走过的路没有连续性，充满了空白和巨大的跨越。自己经常是走上了一条路或者走进了另一家客栈，可是，他知道自己仍然还在原路或几个小时之前从那里出发的那家客栈里。就这样，一个小时接着一个小时，一天接着一天，因为他的思想越来越脱离现实事物，所以他的出行便更加像是一次在梦中的漫游了。

现在，他再也不对自己掩饰寻找她的马车的用意了，甚至对别人也毫不掩饰。有好几次他竟问别人："你们有没有看见一辆车身古怪发颤的马车……还有几个……我不知该怎么说……""再说说是辆什么样的马车？说得清楚点儿？"人们对他回答说。他进一步解释说："这辆马车跟别的车不一样，车里装饰着黑色的天鹅绒……车门上安的是青铜把手……好像一口棺材……"他一本正经地说。"噢，你这个人是疯了吗？！"那些人对他说。

一次，人们告诉他，他们是看见了一辆马车，外观跟他说的那辆车挺接近，可结果呢，那是邻近一个地区的主教的马车，他到这一带地方旅行，谁晓得是为什么，竟然在这样糟糕的天气里来到此处游逛。

让他们待在肮脏的客栈里吧，让他们的牙齿都坏在嘴里吧，只要能告诉我她在哪里就行。他对自己说。

有两三次，他已经追查到了她的行踪，可是，没跟住，又丢了。死亡的临近促使他特别希望跟她见一面。就是这样，走过的道路给他增加了一种强烈的难耐的渴望，巴不得立刻见到她。

有一天，他老远看见一个好像是骑着骡子的人，他是奥罗什石楼的"血的管家"，谁知道他到什么地方去。焦尔古刚刚往前走了一小段路便回过头来，仿佛是为了确认一下他是否真的就是"血的管家"。同样，那个人也回头看了看焦尔古。"这个人要干什么？"焦尔古对自己说。

还有一天，人们告诉他，他们看到了一辆那样的马车，就像他对别人讲的那个样子。可是，那是一辆空车。另外一天，人们告诉他，那辆车的特征与他形容的完全吻合，甚至还说到了车窗玻璃前面的那个女人头发的颜色，有的人说，那头发看上去像栗色的，可另外的人则认为是榛子色的。

至少她还在奥罗什这一带地方，至少她还没有离开高原到平原去。他心里在琢磨。

与此同时，他的四月在迅速地浪费。日子一个接着一个有序地过去。即使没有这些事，对于他四月也是最短的月份，它在迅速地萎谢，在消融。

他不知往哪里去，有时白白地走错了路耗费时间，有时无意地走回头路，回到了已经待过一次的地方。一个问题：莫非他选择了不该去的方向，开始越来越让自己受苦挨累。后来他感觉到，他只在不该走的方向上白走了很多路，而且焦尔古这个掌握不了自己命运的行路者还要这样一直走到底，走到屈指可数的日子的尽头。

第六章

沃尔普西和迪阿娜夫妻俩继续在旅行的途中。贝西安·沃尔普西偷偷地瞟了妻子一眼，看上去，她的颧骨显得有点憔悴，脸色也略显苍白，就像几天前那样，露出更加妩媚动人的神态。他想：她是累了。不过，她没有说。说真的，在所有这些日子里，他就期待她最后能说出直白的话："哦，我累了。"他焦躁难耐、心急火燎地等着她说这句话，把它当作化险为夷、获救除难的希望，然而，她就是不说。她就那么脸色苍白地凝视着道路，几乎就没说话。可是，当他生气或者受到侮辱的时候，对于他来说，她的眼神总是一看就明白的，然而，这会儿它却变得难以捕捉。这一眼神至少流露出不满意的情绪，他在想，或者说得更坏些，是冷淡的情绪。然而，这个眼神有另外一点意思，在其中心失去了一点什么，整个精神难以琢磨。

马车里的谈话彻底地变少了，有时沃尔普西努力要让气氛重新活跃起来，可是，他不愿意让自己处于从属的卑微的地位，因此便克制住了这一想法。最糟糕的是，他竟没有能力找到跟她生气的办法。根据同女人打交道的经验,他发现生气和争吵常常可以以突然的方式缓解僵持不下、看来毫无出路的局面,就像暴风雨能使一切从窒息的闷热中得到解脱一样。但是,在她那锐利的目光里,有一种可以抵挡他人生气的东西。她的目光同怀孕妇女的目光相比,没有什么两样。甚至有那么一刹那,他对自己喊道:"难道她是怀孕了?"但是,他的大脑超出了自己的毅力,立刻算了一笔简单的账,于是这个最后的希望顷刻间就打消了。贝西安·沃尔普西为了不让她听见,抑制住了一声叹息,继续观赏车窗外边的风景。夜晚来临了。

他就那样站了一会儿,又开始思考起来,思绪把他再次带回到同一个地方。至少她应该告诉他,对这次旅行她再也不感兴趣了,她已经完全失去信心了,到拉弗什度蜜月的想法,是一种从未见过的痴心妄想,因此,他们就该在那一天,那一刻,那一分钟立刻扭头回去。然而,她不仅从来没有要求他去做一件这样的事情,而且即使当他为了减轻她的负担,对她拐弯抹角地说提前回去的时候,她却说:"随你的便,如果你希望这样,我们可以回去。至于我嘛,你不要有什么顾虑。"

自然了,他脑子里几次闪过中断旅行、立刻回去的念头,可是,他还抱有一点温暖的希望,心里想,有的事情还能挽救。他甚至觉得如果有什么可以调整挽救的话,这只能当他们还在拉弗什高原上的时候去做。可是,一旦走下高原,就一切都挽救不回来了。

天色全黑了,这会儿,她的脸庞看不清楚了。他把身子向车窗那边倾过去两三次,但搞不明白现在他们是在什么地方。稍过片刻，月光洒落在道路上，他把头靠在车窗旁边，就那么站了好大一会儿，而那凉冰冰的玻璃的颤动通过额头传遍了全身。月光下面道路显得像玻璃一样闪闪发亮，一座小教堂的黑色的剪影落在路的左面，仿佛它是挪动了地方，跑到路边上来了。接着又现出一个水磨坊，让人相信，在这么个荒凉的地方，这个磨坊与其说是用来磨玉米的，不如说是磨雪的。他的手在座位上摸索着她的手。

"迪阿娜，"他小声地说，"往车窗外边看，我觉得水磨坊的声音不大。"

她把脸靠向玻璃，他总是小声地、用词很谨慎地说话，而且话语也很简短，句子中词与词的搭配，越来越显得不自然、不顺畅。他对她解释说，那是一条怎样的受诚信保护的路。他觉得冰冷的月光帮了他的忙。

接下去，当话说完了的时候，他就把头贴到她的脖子旁边，有点发抖地拥抱她。月光有两三次照到她的双膝上，她一动也没动，既没贴紧他的身体，也没有去推他。他闻到了他熟悉的她身上的香味。他竭力控制住自己的抱怨情绪。他抱着最后的希望，指望从妻子的身体里能释放出点什么，期待着她呜咽一声，哪怕声音再小，再轻微都可以，至少也要发出一声叹息才好。但是，她仍然和原来一样，是沉默但又不是沉默，那种姿态有点特别，露出一副可怜的样子，好似一块洒满了星星的田地一样。"噢，上帝啊。"他对自己说，"她怎么对我这样啊！"

天空一半晴朗，一半聚集着阴云，马蹄在半铺着石块的路上发出轻轻的哒哒声。这是一条十字大道,马车后面几十次反复地出现一种景象。唯独这次不同,时而在开始,时而在后头,四处呈现出浅蓝色的景观。积雪开始融化,从底部逐渐消融变少,在与土地相接之处,一种很不容易化掉的硬邦邦的残雪,滞留在窟窿洞上面。

"今天是几号了?"迪阿娜问道。

他感到吃惊,在回答她的话之前,稍停了那么一会儿。

"四月十一号。"

她准备说点什么。"你说话呀!"他对自己说,"说呀,求求你了!"最后的一线希望宛如温暖的蒸汽缠住了他。"说吧,想说什么你就说什么,只要说就行。"他急得眼睛都要冒火星子了。

他斜眼盯着她的双唇。那嘴唇又活动了一下,想把词语好好组织一下,用一种也许是新的形式,说上一句未曾说过的话。

"你记得我们去见王子那天在路上见过的那个山民吗?"

"记得,我当然记得。"他说。

这个"当然"完全是所答非所问,用这个词是什么意思?在短短的一刹那,他为自己感到遗憾。这个连他自己都不明白是为什么。也许是为了做好准备无论如何也要把交谈活跃起来。也许为了另外一件他一时说不清的事情。

"到四月中旬,他的诚信保证期就结束了,是不是这样?"迪阿娜问道。

"是这样的。"他说道,"是这么回事,对,对,正是四月中旬。"

"我不知道怎么想起了这个。"她说道,眼睛没有离开玻璃,"白费劲。"

"白费劲,"他心里重复她的话。他觉得这话带有命中注定的味道,好像是一个涂了毒药水的首饰。在他心灵深处的某个地方,着力掀起一种愤怒的波浪,难道说你,沃尔普西所做的这一切都是徒劳无益白费劲?白费劲,为了折腾我,叫我吃苦受累吗?嗯?可是,愤怒的波浪立刻又平静下来了。

在最近这几天,她两三次猛地转回头,为了看看从马车旁边的路上走过的年轻的山民们。他心里想,她这么回头回脑地看那些年轻的山民,以为在他们中间她能重新见到那个客栈里的山民。但是,他觉得这完全是一件无关紧要的事情,即使现在她还问起他,自己仍然觉得没什么。

马车突然停了下来,打断了他的思绪。

"怎么回事?"他说道,不是特意向谁发问。

马车夫下了车,一眨眼出现在车窗的玻璃前面。他伸手朝路上指了一下,只有这时贝西安·沃尔普西才看到一位山区老妇半蹲半卧待在路旁。老太太朝着沃尔普西他们这边望,嘴里还说了点什么。贝西安·沃尔普西打开了车门。

"有一个老太太待在路旁边,她说自己不能动弹了。"马车夫解释说。

贝西安·沃尔普西下了车。为了让坐麻了的双腿缓过来,他走了两三步,然后来到老太太的跟前。老人时不时地抓着膝盖,发出"唔唔"的喊叫声。

"你怎么成了这个样子,老妈妈?"贝西安问道。

"唔,这该死的抽筋害得我好苦啊。"老太太说,"整个早晨我一直困在这儿,我说孩子。"

她像这一带所有的山民一样,穿了一身绣了花的布衣服,从头巾里漏出一绺儿灰白的头发。

"整个早晨,我一直等待能有上帝的某个仆役经过这里帮助我活动起来。"

"你是哪里人?"马车夫问她。

"是那边那个村子的人。"老太太用手指着前边一个地方说道,"不太远,就在正前方的公路旁边。"

"我们带她上车吧。"贝西安说道。

"谢谢,孩子。"

贝西安和马车夫二人小心地把手伸到老太太的腋下拉着她站起来,扶着她一直向马车走去。迪阿娜的眼睛在车窗的玻璃后面注意地盯着他们。

"上午好,我的女儿。"他们把老太太扶上了马车,她对迪阿娜说道。

"上午好,老妈妈。"迪阿娜说道。她往一边挪动了一下,腾出一点地方让老太太坐下来。

"唔,"马车开始活动了,老人说,"整整一个早晨,我一直孤单单地待在路上,任何地方也没见到一个喘气的活人。我说了我要死在那儿了。"

"真的,"贝西安说,"我觉得这条路太空旷了,连个人影都没有。你们村挺大吧,是吗?"

"挺大,是个大村。"老太太说,脸色变得暗淡无光,接着说下去,"大得很呢!我说老实话,可是,大又有什么用呢……"

贝西安的一双眼睛用心地审视着老太太的表情,琢磨她那阴郁的神情是属于哪一种类型的。顷刻间,他觉得她的表情里流露出一种与村里一切情况为敌的情绪。有事实证明:任何人都没有到这儿来帮助她,把她忘记了。而把她山村老妇的面容变得阴郁愁苦的东西是一种要比生气恼火更主要的原因。

"村子很大,可是,多数男人都躲藏在石楼里,所以我才这么受苦受难,孤孤单单,我说了,我都快要死了。"

"是因为报仇流血的事儿躲在石楼里吗?"

"对,孩子,是因为报仇流血的事儿。从来也不是这样啊。在我们村里,人总是杀啊,死啊,没完没了。不过,像这一次这么惨重,还从来没发生过。"

老太太深深地叹了一口气。

"村子里的二百户人家中只有二十户没被卷入报仇流血的事情中。"

"这怎么可能呢?"

"你将会看到的,孩子,村子好像全都变成了石头,发生了瘟疫病。"

贝西安把头靠在车窗的玻璃前面,可是,老太太的村子还没露面。

"两个月之前,我还安葬了一个孙子。"老太太接着说,"奶奶

185

的好孩子，长得可漂亮了。"

她开始讲述孙子的一些事情和他被杀的情况，但是，讲述中出现了奇怪的情景，每句话中词序的排列发生了一种变化。非但词序变了，而且它们之间的距离也有所不同，几乎在它们中间进入了一种特别的空气，一种感到疼痛的、醉人的空气。犹如成熟前的水果，讲话几乎已经从自己平常的状态进入到一种新的境界：这是一种诗歌或哀歌的序曲。看来很多的民间歌谣就是这样产生的。贝西安这样想道。

他的注意力一直没离开山村老太太。在她未唱出哀歌之前情感的变化，在她的脸上也显露出来了。她的双眼含着哭泣的神情，但没有流出泪来。这样一来，这双眼睛就显得更加悲楚难耐了。

现在，马车走进了这个很大的村子里。马车轮子发出的嘎啦嘎啦的响声，在凄惨的道路中间发出悠长的回声。道路两边石楼翘首挺立，在白天的阳光下，显得更加郁闷寂寥。

"这是什克莱勒家的石楼，那边的一座是克拉斯尼奇家的。这两家人报仇流血的事儿完全是乱了套了，太复杂了，谁也弄不清是轮到谁报仇杀人了，所以双方的人都关在家里不出门。"老太太解释说，"那边那座高高的三层石楼，是维德兹雷奇的，这家与本格一家被报仇流血的事儿纠缠着，你们看见了，他们家石楼的墙一半是用黑色石头砌成的，很难看得出来。下面还有马尔卡伊和多达纳伊家的石楼，这两座石楼处在相互报仇流血的漩涡中，今年春天，两家各从自家大门里抬出两口棺材。而在那边是乌卡伊和克吕埃泽兹家的石楼，它们位于一条直线上，彼此相隔的距离很近，两家人在家里向对方开枪都够得着,因此,他们不出楼,从窗户里向外打枪,不光是男人们这么干,而且娘儿们和姑娘们也这么干。"

山村老太太如此这般地继续说着这些故事,贝西安和迪阿娜夫妻俩时而把头靠近这个车窗,时而又靠近那一个,力图弄明白报仇流血这一整套莫名其妙的制度,是否就像这位山村老太太向他们讲述的那样。在这些石楼严酷的静默中,看不出任何一点生命的迹象。枯燥无味的太阳斜照在墙壁的石头上,造成了更加凄凉悲楚的气氛。

在村子的当间儿,贝西安和迪阿娜夫妇让老太太下了车,并且搀扶她一直走到她家石楼的门口。在这个石头王国的街上,马车继续朝前赶路,这个王国显得神秘莫测,让你思考,在那些墙壁和那些窄小的窥孔里边是有人的。贝西安·沃尔普西思虑着。那里有胸脯温馨的姑娘和刚刚结了婚的新娘。一瞬间,他觉得在僵硬的石头外壳下边,他能捕捉到在内部强烈的压力下生命脉搏的跳动;这脉搏用贝多芬的力量敲击着石楼的墙壁。然而外面,墙壁、排成线似的窥孔、照在上面的无聊乏味的阳光,什么都没有外露出来。这对你有什么用!突然他对自己喊叫起来。你最好还是看看你妻子冷似冰霜、呆若木鸡的样子吧。他觉得一种恼怒的波浪终于在他内心里升腾起来,于是,他猛地转向迪阿娜,为的是最后打破令人气恼的沉默,为了叫她对自己开口说话,为了叫她做出解释,最终归结为一点,对她的举止行动,对她的沉默,对她打的哑谜做出解释。

准备要求她做出解释已经不是第一次了。他对自己要说的话的设想,在心里演练了数十次。从最甜腻的话开始:迪阿娜,你怎么了，跟我说说嘛，你在想什么呀？直到最粗野的话，话语中能用上"见鬼"的话，他都想过了：你见了什么鬼了？是什么鬼盯着你不放？那你见鬼去吧！在这样的时候，这句话真的是太合适了，不可替换。而这会儿，怒气正足的时候，这话已经冲到了他的舌尖上，准备进入很容易使用的全部句子中，急不可待地要在争吵中使用上它。可是，他像在此之前的许多次一样，不仅没说那句反对她的话，而且还像一个要洗刷掉自己过失的人那样，把后果担在了自己身上，说了那句反对自己的话。他把头更加靠向妻子那边，本来要对她恶狠狠地说的话改为对自己说了：我这是见什么鬼了！

我这是见什么鬼了，他对自己重复地说。像另外许多次那样，他立刻打消了要求她解释的念头。稍过一会儿，他让自己平静了下来。又过了一会儿，他想，也许机会自己就会来。从前，他连自己也不清楚，让她作出解释为什么就避免了。这会儿，他觉得，在一定程度上他正在发掘着事情的原因：对她的解释他感到恐惧。在此之前，在地拉那一个冬天的夜晚，他已经尝受到了这种恐惧。当时，在他的一个朋友那里，人们在观看一种招魂术的表演，大家几乎听到了他们的一个早已死去的同事的声音。那种情景挺吓人的，他从妻子那里感到的恐惧和这种恐惧很相像。他自己也不知道为什么，他竟然把迪阿娜的解释想象成从一堆死灰后边发出的声音。

马车离开那个神奇的村子已经有些时辰了，他自己反复地思忖，他推迟让妻子解释的唯一原因，就是恐惧。我怕她解释，他在思考，我害怕，怕她解释，可这是为什么？

旅途中，一种承担罪责的感情，越来越多地捕获了他的心。

实情是，这种负罪的情感老早以前就产生了，他出来作这次旅行也许正是为了摆脱这种负罪的感情。然而，事与愿违，他非但未能得到解脱，对她的负罪之情反而变得越来越沉重了。现在，看得出来，对迪阿娜的解释的恐惧心情与他的负罪感有一定的联系。这种担心让他不寒而栗。不，在整个这场考验里，最好她保持沉默。让她变成一具木乃伊吧，只要她不说出能够让他感到沉重的事情就好。

路的两侧坑坑洼洼，马车走起来左右颠簸，他们从融化的雪水聚在一起形成的一些水坑旁边走过，这时候，迪阿娜问道：

"我们在什么地方吃午饭？"

他诧异地转过头来，在他们淡淡的关系中他感觉到了她的话语的暖意。

"什么地方都行。"他回答道，"你说在哪儿吃好？"

"最好就那样，随便吃吧。"她说。

他想突然把身子转向她那边，可是，一种奇怪的顾虑阻止了他，好像在她身边有一件能碰碎的玻璃器皿。因此，他克制住了自己，没有动。

"甚至可能在某一个客栈过夜。"他说道，但没有回头，"你说是吧？"

"随你的便。"她说道。

他觉得自己的肺里卷起了一个温暖的浪花。他有一个把事情弄得复杂的习惯，他看到了一出戏的开头，在这个开头里，也许没有别的，只是有赶路的疲劳，乏味的头痛，或者还有一点别的什么？

这一切不都是最平常的事嘛。

"有机会碰上个客栈，咱们就住下。"他又重复地说了一遍，"住在我们面前出现的第一个客栈里，对不对？"

她用头势表示同意，以此代替"对"的回答。

也许情况真的就是这样，那可是太好了。他非常高兴地想道。这些天来，所有的夜晚他们都是在陌生人中间，在他们的朋友的朋友中间度过的，或者说得准确些，是在一条朋友链上度过的，这些朋友的来源只有一个：那就是旅途中沃尔普西与之度过第一夜的那个人，那是他们以前认识的唯一的一个人。每天夜里，都反反复复或多或少地重复着相同的事情：欢迎词，坐在客房的壁炉火边上聊天，谈一些关于天气、牲畜、国家的事情。然后就是晚宴，就餐时伴随着谨慎的小心翼翼的交谈。餐后喝咖啡。清晨，按着传统送客人到村口。折腾到末了，所有这一切对一个刚结婚的女人来说就成了腻烦讨厌的事了。

"一家客栈！"他对自己喊道。路旁边一家普通的客栈是怎样的一个救人之地啊，在此之前他怎么就没想到这样一件事情呢？傻瓜！他心花怒放地对自己说。一家客栈，即使是肮脏的也好。哪怕从那些人身上散发出牲畜味儿，他也要接近他们，围着他们。不要跟他们闹摩擦，很难找到他们。这里虽然显得贫穷，但在它的背景上，有时候更能闪烁出临时客人们的幸福之光。

一家客栈出现在他们面前，比他们的预计早出现了一些时候。它位于十字路与旗里的主干道相互交叉的路口附近一块贫瘠地方的正当中,附近既没有村庄,也没有别的生命的迹象。

"有什么可吃的东西吗?"贝西安第一个刚一跨进房门槛,就这样喊道。

客栈主人的个子很高,是个松松垮垮的大块头儿,半眯着眼睛,吞吞吐吐地说:

"有凉芸豆。"

当看见迪阿娜跨过门槛,她后面跟着马车夫,而且马车夫的双手还都拎着她的旅行袋,特别是当听到拉着马车的马发出嘶鸣的时候,他变得活跃起来了。他揉了揉眼睛,声音嘶哑地说道:

"欢迎你们,先生们!我们还可以做煎鸡蛋加奶酪,我们还有白酒。"

他们在长长的橡木桌子的一角坐了下来。如同在多数的客栈里的情况一样,这张长桌子占了大厅最大的面积,角落里有两个山民,直接就坐在地板上,用好奇的眼光朝着他们的方向张望。一个年轻的女人头枕着孩子的摇篮边,贴着它在呼呼地睡觉。身子下边是五颜六色的旅行袋子,有人还搁了一把古丝理琴。

与此同时,他们在等着客栈主人给他们送吃的来。他们不出声地朝四周望了望。

"别的客栈比这里热闹。"迪阿娜终于讲话了,"这个客栈挺安静。"

"这样比较好,是不?"贝西安看了一下表,接着说,"尽管这会儿已经都是这个钟点儿了……"他的心思跑到别处去了,不停地用手指敲击桌子,"外观看起来还不赖,是吧?"

"样子看起来挺讨人喜欢,特别是从外面看,更是这样。"

"房顶是带斜坡的,这正是你喜欢的,冬天有利于雪往下滑。"

她用头势表示同意他的说法。这会儿,她脸上的表情显得亲切多了,虽然她挺疲劳。

"今晚我们睡在这儿吗?"

问完了这个问题,贝西安觉得心脏跳得好厉害,都要喘不过气来了。我这是遭什么难了?他对自己说。当初,他第一次邀请她到他家里的时候,她还是个姑娘,他们才刚刚认识,心里受到的震动还不像现在这么厉害,而现在她已经是他的戴了花环的妻子。这真是发疯,他对自己说。

"随你的便。"迪阿娜回答道。

"你说什么?"

她吃惊地望了他一眼。

"你问今天晚上我们睡在这儿吗,对不对?"

"那你同意吗?"

"当然同意了。"

实在是太美了。他对自己说。他要拥抱她那可爱的头颅,这些天来,它可是叫他受苦了。一种温馨的从来不熟悉的感情的波浪席卷了他的全身。这些晚上,一直在不同的房间里睡觉,经过这些夜晚之后,他们终于要在这个与世隔绝的阿尔卑斯的小客栈里,在这些荒凉的道路中间睡在一起了。自然了,发生这一切是件好事,没有这个,他就体验不到这种感觉,这种敏锐的、细致而洁净的感觉。这种感觉很少有什么人在生活中能体验到：重新体验第一次占有心爱的女人那种感觉。因为这些天来，她和他之间的距离是那么遥远，以至于他现在都觉得将要发现跟当姑娘时一样的她。甚至说这第二次经历他觉得更奇妙、更甜蜜。每件坏事是为了好事而来，这话没有白说。

他觉察到身后有东西在活动，与此同时，几个圆圆的东西带着沁人心脾、毫不需要的香味，好像是从一个无聊乏味的世界出现在他的眼前，原来是两盘煎鸡蛋。

贝西安抬起头。

"你们有好房间住宿吗？"

"有，先生。"客栈主人用肯定的语气说道，"甚至有带壁炉的房间。"

"真的？这可是太美了。"

"是的，是这样。"客栈主人继续说道，"在这一带地方所有的客栈中，很难找到一个房间能赶得上这个房间的。"

我可真是运气好啊！贝西安在想。

"你们一吃完饭，就可以去看房间，先生。"客栈主人说道。

"太高兴去看看了。"

他没有食欲，实在是吃不下。迪阿娜也是一样，没有吃她那份煎鸡蛋。她要了一份白奶酪，可是这个她也撂下没吃，因为它太硬。然后要了酸牛奶，最后还要了鸡蛋，不过这一次是水煮的。贝西安也要了跟她同样的食物，可是，放在餐桌上根本没动。

一吃完午饭，他们立刻就到二层楼上去看房间。根据客栈主人的说法，这个房间是拉弗什这一带地方所有客栈的骄傲，它没有什么特别之处，非常普通，朝北有两扇窗户，各配有木制百叶窗，有一张铺着厚羊毛床罩的大床。它真的有一个壁炉，壁炉里还积存着灰。

"房间很好。"贝西安说道，向妻子投去一瞥询问的目光。

"壁炉里我们能点上火吗？"她问客栈主人。

"当然能了，女士，现在就可以点。"

贝西安觉得，经过那么长的时间之后，在她的眼睛里第一次露出愉快的光彩。

客栈主人出去了，回来时抱来一抱木柴。他笨手笨脚把火点着了，这说明平时他很少干这个活儿。贝西安和迪阿娜都眼含异样的神情看着壁炉里那堆火，仿佛平生头一回观看这火是怎样着起来的。末了客栈主人走开了，贝西安再次感到胸腔下面心脏在剧烈紧张地跳动。他的目光有两三次滑过那张大床，那乳白色的床罩对他展示出一种温馨的容颜。迪阿娜背朝着他，对着火堆站着。贝西安怯生生地、好像走向一个素不相识的女人似的，朝着她迈了两步，把手臂环绕在她的后背上，她的双臂交叉着，就那么一动也不动地站在那里。这时候，他开始亲吻她的脖子和唇边。他的眼睛时而捕捉到火焰在她的颧骨上折射出的浅红色的亮光。最后，当他的爱抚变得非常强烈，不肯释手时，她轻轻地说：

"不是现在。"

"为什么？"

"房间里太冷……另外，我应该洗个澡。"

"你是对的。"他一边亲吻她的头发,一边说。他别的什么都没说,把她放开了,走了出去。楼梯上响起他下楼的脚步声,最精确地表达出他内心的喜悦。顷刻间,他就拎着一大桶水回来了。

"谢谢。"迪阿娜说道,对他微微地一笑。

仿佛喝醉了酒,他把水桶架在了火上,随后,好像是想起了一点什么事情,哈腰往壁炉里看。他用手掌挡着火星,往壁炉里看了两三次。看样子,他是找到了要寻找的东西,因为他喊叫道:

"你瞧,就在那里。"

迪阿娜也哈下腰,看见一个被烟熏得黑黑的垂直挂在火上边的挂钩,就像农民的多数壁炉装置的那种样子的挂钩。贝西安提起水桶,用一只手把它贴向壁炉墙,另一只手使劲将它挂在铁钩上。

"当心,你要烧到手的。"迪阿娜喊道。

可是,这时候,贝西安已经挂好了水桶,兴冲冲地哈气吹着被热火稍微烤红了的那只手。

"你烧到手了吗?"

"一点事儿都没有。"

从楼梯上传来了脚步声,有人上楼来了,原来是给他们送箱子的马车夫。与此同时,贝西安带着心不在焉的微笑望着她,他觉得所有这些上楼梯、下楼梯的人,有的抱着木柴,有的拎着箱子,有的提着包,不是为了别的什么,全都是为了各自的幸福做准备。他坐立不宁,忍耐不住了。

"房间和水一热起来,我们就回来,这会儿我们去喝点咖啡,好吗？"他问道。

"咖啡？随你的便。"迪阿娜说，"也许出去散一会儿步会挺好，一路上坐马车脑袋都坐晕糊了。"

稍过片刻，他们就下楼去，木头楼梯发出嘎吱嘎吱的响声。他没忘记对客栈主人说，让他关照壁炉的火，因为他们要去散一会儿步。

"借此机会我想知道一下，这附近有什么漂亮的风景，值得一看的地方吗？"

"这附近有什么漂亮的风景？"客栈主人用头势予以否定，"没有，先生，周围几乎就是一片沙漠。"

"是这样！"

"是的，不过……稍等一下，你们有马车，对吧？那样的话，对你们来说，情况就不一样了。附近有一个上白湖，如果马不累的话，坐车半个小时，最多三刻钟，你们就能从这里到达那个地方，观赏一下那一串阿尔卑斯山的小湖。"

"从这儿到上白湖只有半个小时的路程？"贝西安惊奇地问道。

"是的，先生。半个小时，最多三刻钟。路经这里的外国人，都不放过到那里观光的机会。"

"你说，咱们去不去看看？"他转过身子对妻子说，"虽然乘马车旅行让我们感到烦恼、愁闷，但是，这个村庄还是值得一看的，尤其是那一串著名的小湖。"

"我想起来了，上地理课时学过那些湖。"她说道。

"那里的空气好极了。除此之外,在我们回到客栈之前,房间里的温度恰好正合适……"他打断了自己的话,为的是看看她的眼神,提醒她这是一件不寻常的事情。

"我们去吧。"她说道。

客栈主人出去喊马车夫,稍过了一会儿,马车夫来了,脸上带着不太满意的表情。他刚刚把几匹马从车上卸下来,这会儿又需要重新套车,不过,没有一点反对的意思。他们上车时,贝西安再一次提醒客栈主人要关照房间里的火。在马车起动的一刹那,他的脑子里闪过一个念头:这么轻易地把费了那么大的劲儿精心安排好了的客栈的房间撂在一边,这是不是犯了一个错误?可是,一瞬间他又让自己平静下来了,同时对自己说,在一次愉快的散步之后,迪阿娜对一切的感觉都要好得多。

下午的太阳把柔和的光芒铺洒在荒野上,由于大气流动变化的原因,空气显得比原来要暖和一些,谁知道这股气流是从哪儿来的。

"白天正在变长。"他说道,自己在想:我这是在说什么!天气对我们很好嘛……现在,白天最长……彼此没有很好的了解的人们相互交谈时,有多少次说这些话,这是填补人们交谈空白最可靠的话题。难道说他们变得那么陌生,以至于要求助这种话来帮忙吗?哦,够了。他在想,仿佛他在活生生的现实中找到了自己。现在,那种时光已经远去喽。

正像他们所期待的那样,上白湖在前面出现了。从远处看去,它的那些石楼好像被苔藓覆盖着,在一些地方,雪还没有全化掉,一块块土地在它邻近的地面上，显得更黑些。

马车没进村，径直地向那串湖驶去。他们下车时，教堂的钟声响了起来。迪阿娜首先停下脚步，转回身，好像要寻找声音是从哪儿传来的，可是，没看见教堂。她只看见了一块块黑色的戏剧性地连结着的土地，上面还有一些尚未融化的冰块。眼前缺少一个教堂，她的视线里迅速聚集起来的全是这些东西。她转回身，依偎在丈夫的怀里。他们向其中的一个湖走去。

"一共有几个湖？"迪阿娜问道。

"我觉得是六个。"

他们走在厚厚的咖啡色的落叶上，这些树叶有好多层，是以往不同季节落下来积存的。在一些地方叶子已经愉快地腐烂，好像是染上了富贵病似的。贝西安感觉到了她在他怀里的重量，觉得妻子是想要跟他说点什么。他们脚下落叶的簌簌声赶走了她的忧郁，让她安心多了。

"瞧另外一个湖。"突然，她指着湖对岸松树之间的一个地方说道，恰好这时候贝西安把头转向了那边。她接着说："贝西安，对拉弗什，你肯定能写出一些更好的东西来。"

他转过身子，好像有人向他掷过来一个梭镖，他想喊一声"你说什么"，但在最后的一瞬，还是克制住了这声喊叫。不，最好还是不要第二次听到这句话。他觉得是一块烧红了的马蹄铁摁在了他的额头上。

"在这次旅行之后，"她用温柔的腔调说道，"那是很自然的……你的作品会写得更真实……"

"那是当然了。"他对她说,"当然了。"

那个灼热的马蹄铁还摁在他的额头上。那无声的部分神秘感,呈现在他的面前……真实的情况是,神秘从来就不存在。他几乎知道,几乎是在等待,等她在他们新生的爱情的第一夜之前向他提出那件事,作为对他们的关系的补偿,至少是……

"我理解你,迪阿娜。"他用奇怪的疲惫的声音说道,"当然了,我有许多困难,但是,我理解你……"

"这里真是个宝地,太棒了!"她打断他的话说,"我们到这儿来,有多好啊!"

他往前走着,心思并不在此处。就这样,他们一直来到第二个湖边上。然后,他们准备返回客栈。在往回返的路上,他开始让自己的精神集中起来,有时更多地想到客栈里等着他们的带壁炉的温暖的房间。

他们来到原来停马车的地方,但是,他们并没有上车,而是沿路走着,观赏村里的景色。马车跟在他们的后面。

路上他们遇上的第一拨人儿,是两个顶着水罐的妇女。他们停下脚步,仔细地看了她们一会儿。他们所看到的美丽的景色同那些石楼形成了鲜明的对比,石楼显得更加阴暗忧郁。在村里的路上,特别是在教堂前面的广场上有很多人。他们穿着乳白色的厚羊毛紧身裤,边上绣着长长的黑色的条纹,样子很古怪,好似是放电器上面的一个标记。他们群情激昂地朝前跑着。

"一定是发生了什么事情了。"贝西安说。

他们向人们那边儿注视了一会儿,试图弄明白到底发生了什么事情。但是，很显然，发生的是一件平静而庄严的事情。

"那是一栋庇护楼吧？"迪阿娜问道。

"也许是吧，看上去像是庇护楼。"

迪阿娜停下脚步，为的是更好地看看远离其他石楼的那座孤零零的石楼。

"如果我们见到过、今天谈论过的那个山民，这些日子已经满了诚信保证的期限，那他一定是躲进了庇护楼里了，你说是吗？"迪阿娜问道。

"当然了。"贝西安回答道，目光没有离开人群。

"如果诚信保证的日子结束了，正好碰上杀人者在旅途中，远离自己的村子，那么，他可以随便进到任何一个庇护楼里吗？"

"我相信可以。这事儿就像旅人受到夜晚的阻隔，要住宿在他们碰上的第一家客栈一样。"

"那么说他可能也待在这个石楼里吗？"

贝西安微微一笑。

"有可能，但是，我不相信。有那么多的庇护楼，怎么一定就在这一座里呢？再说啦，我们是在离这儿很远的地方看见他的。"

迪阿娜再次把头转向石楼。他觉得，在她目光的深处和斜视的余光里，他看见了一种带着微笑的贪婪。可是，就在这一刹那，他发现人群里有人在向他们挥手，是一个穿花格子夹克衫的人和几张熟悉的面孔。

"看看是谁在那儿。"贝西安说道，用头势向那边表示致意。

"阿里·比纳库。"迪阿娜小声说，从声音里弄不明白她是否希望与其见面。

他们在广场中央相遇了,一看就明白,测量员又喝多了。医生黯淡的眼睛,甚至不仅仅是眼睛,整个薄薄的发红的皮肤,都显得很哀伤,而在阿里·比纳库那种习以为常的冷漠后面,很难能觉察出一种正经八百的疲劳。在他们后面跟着一小伙山民。

"你们还在拉弗什继续旅行吗?"阿里·比纳库用他那洪亮的声音问道。

"是的。"贝西安·沃尔普西回答道,"还要待几天。"

"时下白天在变长。"

"是的,是真正的四月。而你们在这一带有何公干?"

"我们?"测量员说,"我们一如既往干着老本行,从一个村子跑到另一个村子,从一个旗跑到另一个旗……带有血迹的群像……"

"怎么?"

"我想用一个形象的比喻……我该怎么说呢,这个比喻是从绘画领域里借用的。"

阿里·比纳库冷淡地瞅了说话人一眼。

"这里有什么需要您仲裁的事吗?"贝西安向阿里·比纳库问道。

阿里·比纳库用头势回答他"有"。

"是仲裁什么事吗?"测量员又从中插话,用头指了一下阿里·比纳库,"今天他做了一项可以世代相传的仲裁。"

"不要言过其实。"阿里·比纳库说道。

"我不夸大任何事情。"测量员说,"再说了,他是一位作家,应该听一听你的仲裁,阿里·比纳库。"

不一会儿之前,因为这个案子阿里·比纳库同自己的助手们被邀请到村子里。然后,这个案子便被几个人重说了好几遍,有打断了的一些话,也有增添的内容,更有删掉的情节,特别是测量员说的那些事儿出入更大。事情的经过是这样的:

一周之前,一个家族的成员们杀死了他们的一个怀孕的姑娘。事情很清楚,他们很快就要杀死同死了的姑娘有爱情关系的小伙子。这时候,小伙子的家里得到了消息:姑娘身上怀的尚未生下来的婴儿是个男孩。于是,小伙子的家抢在姑娘家之前,宣布自己是受害者,要向姑娘家报仇雪恨,因为男婴是属于小伙子家的,无论如何,小伙子虽然没跟死去的姑娘结婚,但是,姑娘肚子里怀的孩子是属于他们的,因此,小伙子的家里宣称要讨还血债,轮到他们家要杀死姑娘家族中的一个人了。这样一来,小伙子的家里不仅保证了犯罪的小伙子的安全,免受惩处,延长了他们随心所欲的和平期,而且还束缚住了对方的手脚。不言自明,姑娘家极力反对这样一件事情。此事提交到由村子里的长老们组成的委员会,可是,解决此事并不容易。姑娘的家人被这一灾难害得悲痛欲绝,他们理所当然地要发怒,他们想:反对方欠了他们一份血债,是他们家的继承人造成了姑娘之死,他们坚持用相反的办法解决。可是,从另一方面讲,基于法典的说法,男婴从在母体内孕育之时起,他就属于小伙子一方的家族,对于他的死要用与为男子汉复仇一样的方式为他复仇。村子里的长老们组成的委员会对解决这件事无能为力,于是便找来了法典的大专家阿里·比纳库。

这个案子在一小时之前仲裁过（恰好是我们在湖边散步的时候，贝西安想），如同法典所有的仲裁一样，此案的仲裁时间也很短。小伙子家的代表向阿里·比纳库提出："我想知道，他们为什么废弃了我的面粉（就是说害死了尚未生下来的婴儿）。"阿里·比纳库立刻作出回答："你的面粉在外人的袋子里有什么用。"（就是说，在外人家的没结婚的姑娘肚子里的婴儿有何意义。）任何一方都没得胜，于是双方都被宣布无罪，都不存在向对方报仇雪恨的问题。

阿里·比纳库很镇静，白白的脸上任何一块肌肉都没动一下，静听了别人关于他对此案裁决的闹哄哄的讲述。

"嘿，你可真是大名鼎鼎的人物啊！"末了，测量员说道，因为喝酒和对上司的崇敬，他的眼睛显得水汪汪的。

慢慢地，他们像散步似的，在村子的广场上开始活动起来。在行走的过程中，他们的位置不固定，有的人走在前边，有的人走在后边。

"说到底，你如果能冷静地看待事情，那些事就很简单。"医生说道，他走在贝西安和迪阿娜的身旁。他又接着说："就说刚才碰上的这件案子吧，看上去很有戏剧性，但实质上就是一个债权人和债务人之间的关系问题。"

医生接着说下去，但是，贝西安没太注意去听，他开始为另一件事担心起来：这样是否会重新开始给迪阿娜制造一种坏影响？最近两天他们已经稍微远离了这种交谈，最终她也开始露出了愉快的神情。

"那么您呢,您是怎样在拉弗什扎根下来的呢?"他只是为了找话交谈向对方问道,"您是医生,对吧?"

医生苦溜溜地微微一笑。

"我曾经是医生,而现在我就是另外一回事了。"

他的双眼露出深深的忧伤,贝西安心里琢磨,不管怎么说,那双浅色的眼睛,甚至说乍一看去就能现出冷淡味道的眼睛,比其他类型的眼睛都能更好地传递出内心的痛苦。

"我在奥地利学的是外科。"医生接着讲下去,"我是第一批也是最后一批由帝国公派的享受国家奖学金待遇的学生中的一员。也许您已经听说了人数最多的这批大学生从国外归来后的结局是个什么样子。我是他们当中的一员。无论是临床从医,还是从事专业,统统都没有可能,叫人完全失望。我一度失业,后来,一个偶然的机会,在地拉那的一个咖啡馆里,同这个人认识了。"他用头势指着测量员说,"他建议我干这个特殊的行当。"

"带血迹的群像。"测量员又说,他走到他们身边,听着他们的交谈。又说:"哪里有血就能在哪里找到我们。"

医生没理会他的话。

"您是一个有医术水平的人,阿里·比纳库在工作中需要您吗?"贝西安问道。

"当然需要,不然的话,他就不会带上我了。"

贝西安·沃尔普西以惊疑的神情把同他一起谈话的人端详了一会儿。

"没有任何事情可以感到惊奇的。"医生继续说,"在处理法典中讲的审判时,主要是讲杀人流血,尤其是涉及有关伤口的那些事情时,掌握医学基本常识的人在场是很有必要的。自然了,这不是说要有一个外科医生到场。我其至要说我的处境最大的讽刺是,我所从事的这一工作,最普通的护士都能胜任,更不要说那种对人体解剖学有一点了解的人了。"

"有一点了解?……那样就够了吗?"

医生再一次苦溜溜地微微一笑。

"糟糕的是,您一定以为我在这里是给人治疗伤口的,对不对?"

"当然了,我明白,根据您说的那些理由,您是放弃了外科医生的职业,但伤口总可以治疗吧,对不对?"

"不对。"医生说,"这是事情糟糕的一半。至少我总可以干点治疗伤口的事了吧,可是,这种事儿我一点都没干过。您明白吗?一点都没干过。山民们一生中都是自己治疗伤口,而且就这样一直延续到今天。他们用白酒、用烟叶、用原始落后的方法治疗伤口,比如说,用子弹挤出身上中的子弹,等等,等等。他们从来不找医生。我待在这里是为了另一件事情。您明白我的意思吗?我不是作为医生在这里,连作为一个医生助手都不是,而是作为一名法官助手待在此处,您觉得这事儿奇怪吗?"

"不太觉得。"贝西安·沃尔普西说,"对法典我也了解一点,能想象得出您从事的是什么工作。"

"计算伤口数量,给伤口分类,就干这个事儿。"医生果断地说,话音里夹杂着气愤的感情。

贝西安第一次觉得这个人正在发脾气。他把头转向迪阿娜那边，但是，他们谁也没看到谁。毫无疑问，这一交谈对她毫无益处，他在想。可是，现在让他随便去做吧。只要他尽快结束谈话，让他们离开这儿就好。

"大概您知道，依据法典，伤口是要赔付罚款的，每个伤口都单独罚钱，伤口的价格根据它在身上的位置而定。比如说，头部伤口的罚款比身上伤口贵两倍。同样，身上的伤口分两个级别，即腰部以上和腰部以下两级，以此类推。作为阿里·比纳库的助手，我的工作只是这个：确定伤口的数量及其在身体上的位置。"

一开头，他望望贝西安·沃尔普西，然后又瞧瞧他的妻子，似乎是要弄清他的话在他们身上产生了多大影响。

"在审判中，伤口产生的问题也许要比死亡多得多。"医生继续往下说，"也许您知道，依据法典，一个伤口如果没赔付罚款，与杀死半个人的价码儿相同，就是说，一个人被打伤了，根据法典，他就是半个被打死的人，随你去说吧，是半个影子。以此推理，两次受伤则跟杀死一个人相同。简单地说，如果有谁把另外一个家族的两个人打伤了，或者说让一个人被打伤两次，没有赔付罚金，那么，这个人就欠下了一条命。"

医生停了一会儿，以便给他们时间玩味一下他话中的含义。

"这一切引起了许多非常复杂的问题，主要是经济问题。"他接着说，"您惊奇地看着我，而我要重复地说：主要是经济问题。有些人家交不起两个伤口的罚款，同意交出一个人的性命还债。还有另外一些人，他们准备叫自己倾家荡产，他们向对方家庭赔偿了二十个伤口的钱款，为了能有权利，一旦对方的受伤者复原了，他们再将他杀死。这是很奇特的事，可是，嗨，怪事还多着呢。在峡谷里我认识了一个很典型的人，一连有好多年了，他就靠从敌对的杀人者那里收取伤口赔偿费养家糊口。他多次遭枪杀，但每次都未被杀死。于是，他脑子里便闪过一个念头：由于受到了一些训练，他便能长久地避开子弹，免于死亡，这样，他就创造了世界上第一个全凭仗自己的伤口吃饭的专业。"

"多可怕呀！"贝西安·沃尔普西小声嘟囔道。他把头转到迪阿娜那边，可是，她不知怎么脸色显得更加苍白了。要尽快结束这场交谈，他在想。这会儿，客栈的房间、壁炉、挂在壁炉上边装着水的水桶，他觉得都非常遥远了。我们要离开这里，越早越好。

广场上的人们三三两两地分散开了，只有贝西安和迪阿娜夫妻二人和医生待在一起。

"大概您知道，"医生继续往下说（我不知道，也不想知道任何事情，贝西安想要打断他），"依据法典的规定，两个人直接交火的时候，一个人被打死了，而另一个人只是受了伤，那么，受伤者要赔付多余的血。一句话，就像一开始我对您说的，在那种半神话的舞台布景后边，应当去寻找经济的成分。这话听起来有点玩世不恭的味道，可是，在当今的时代，如同每件事情一样，血也变成了商品。"

"噢，不。"贝西安反对他的说法，"不应当这么太简单地看问题。在解释许多现象时，经济自然有自己能解释的一部分内容，但是，不应当过于夸大。借此机会我想问一下，是您写了那篇关于复仇流血，遭到皇家监察机构查禁的文章？"

"不是。"医生果断地说，"材料是我提供的，但是，文章是别人写的。"

"我记得在那篇文章里正是用了这样的措辞：血变成了商品。"

"这是一个永恒不变的真理。"

"你读过马克思的著作吗？"贝西安问道。

医生对贝西安问他的问题不做回答，只是死死地看着他，好像是要对他说：你来问我，那你读过没有？

贝西安迅疾地瞥了迪阿娜的侧身一眼，觉得应该反驳一下医生，跟他理论理论。

"您对今天判定的关于杀人一案的解释也太简单化了。"贝西安说道，他在寻找反驳的理由。

"丝毫也不简单化。"医生说道，"我已经说过了，现在再重复一次：今天判定的整个这出戏，不是别的什么，只是一件债务的事。"

"当然了，是债务，可是，这里说的是血债。"

"这个不重要。血、宝石，或者衣料全都不重要。对于我来说，它就是债务，不是任何别的什么。"

"不相同。"

"是相同的。"

医生的声音变得挺凶，脸上细腻的皮肤也变红了，好像是在燃烧。贝西安觉得自己受了侮辱。

"这是一种过于天真的解释,我不想用玩世不恭这个词。"他说。

医生的眼神变得像冰一样冷。

"您才是天真呢。"他说,"您是天真加玩世不恭。您和您的艺术加在一块儿全是如此。"

"请不要大喊大叫。"贝西安说道。

"我要大声喊,甚至要让声音传到天上去。"医生说,但是却压低了嗓门。声音很低,是从上下嘴唇中间挤出来的,然而,却更有威胁性,"您所有的书,您的艺术,整个散发着死亡的气味,您本应该对这些贫穷的山民有所作为,但您没做,而是给他们带来了死亡。在死亡中您在寻找崇高的主题,为您的艺术寻求美。您没有看见,这是一种杀人的美,正如一位年轻的作家所说的,这一点肯定您是不赞成的。您叫我想起了俄罗斯贵族之宫里的那些剧院。那些剧院的舞台宽大得很,上百名演员可以在上面表演,可是观瞻厅却异常小,只能待下王子一家人。我觉得您就像那些贵族。您激励全体人民去演一出流血的戏,而您和您的女人却坐在包厢里滋滋润润地观赏享受。"

贝西安发觉身边少了迪阿娜。她一定是到前边什么地方去了,也许是和测量员在一起,他像是一个麻木的人在思忖。

"可是,您,"他打断了医生的谈话,"我是说您本人,您是位医生,本应当明晓事理,可您为什么参与这种愚弄人的把戏?啊?为什么要坐在他的脊梁上赌吃等喝?"

"谈到我做的事儿,您说得很在理。"医生说道,"我不是别的

209

什么人，只是一个贫困的可怜的失败者。可是，我至少还明白自己是什么，不用书毒害世界。"

贝西安又放眼寻找迪阿娜，但是没有看见她。从贝西安这一方面来说，她没听到所有那些疯疯癫癫的话更好些，他想。医生说了点什么，贝西安努力集中精神去听，可是，当他重新开口要回应医生的话时，似乎自言自语地说：

"我妻子在哪儿？"

现在，贝西安放眼在一小伙人当中寻找妻子。这伙人像原来一样，在教堂前面的广场上慢慢地走动着。

"迪阿娜！"贝西安白白地喊叫。

有些人回过头看他。

"也许出于好奇心进教堂里了，或者到某户人家找卫生间去了。"医生说道。

"有可能。"

他们朝前走着，贝西安这时候晕头转向了。我就不该离开客栈，他想。

"请您原谅，"医生用温和的声调说，"也许我说得太多了。"

"没关系，可是她到哪儿去了呢？"

"不要担心，就在这附近。您头晕吗？您的脸色都黄了。"

"没关系。"

贝西安感觉到医生的手抓住了他的胳膊，他想要把手给推开，可是，立刻把这事儿给忘了。几个孩子走到第一伙人的旁边，阿里·比纳库和测量员在这些人中间，用手比划着在讲什么事情。贝西安觉得嘴里发苦。他想起了那些小湖。眼前还浮现出由残草败叶铺设的地毯，它悲哀地腐烂着，但在上面却镀了一层骗人的金黄色……

贝西安大步流星向阿里·比纳库那伙人走去。她是溺水了吗？老远他对自己说。但是，那伙人都板着脸，特别没有表情，对他一点安慰的意思都没有。

"怎么回事？"他愚蠢地问道，他自己也不知道为什么会这样。也许是因为那些人脸上的表情，使他没能问："她出什么事了？"而是问："她干什么去了？"

费了好大劲儿，回答才从那些锁住腮帮子、脸上毫无怜悯表情的人的口中挤了出来。他要他们重复了两三次，最后总算听明白了：迪阿娜·沃尔普西进到庇护楼里了。

怎么能发生这种事？无论是在那一刻，还是后来，当目击者描述、补充事件时（人们立刻察觉到这是本身既带有真实性又具有虚幻性，区别于普通生活的事件，这是一个非常突出，可以流传的传奇故事），都不能确切地弄明白，从来没有外界的脚跨进庇护楼，一个来自首都的年轻的女人怎么能进到那里去。甚至说，更叫人不可相信的不是走进庇护楼本身，而是竟没有任何人注意到她进去这个事实，或者说得更准确些，她后来离开了庇护楼，而且还在楼附近徘徊了一会儿，可是，任何人也没有清醒地意识到要对她的徘徊进行跟踪，除了几个孩子以外。假如问一下，她是怎么走完那段路到了那里，最后达到了走进庇护楼的目的，也许连她自己也没有能力把一切事情解释清楚。从她在拉弗什留下的很少的话语中推测得出，在那一时刻，她突然有了一种挣脱一切事物束缚的轻松感，一种失重之感，这种挣脱不仅让她思想上得到了宽松、解放，而且让她到达庇护楼的那段路也走得挺轻松。甚至还不要排除这样一点，那就是说，正是这件事情帮助转移了人们对她的全部注意力，让她无论如何都迈出了生命攸关的一步。事情真就是那样，就像现在人们重新回忆起来的那样，当时她离开人群，走近庇护楼时，一些动作都很轻盈，就像飞蛾扑向燃烧着的灯火一般。她在风中翩翩起舞，径直朝那个方向奔去，仿佛像一片树叶被风轻轻地吹着走了进去，说得更好些，是落入了她的家……

面对这种情况，贝西安·沃尔普西挺身而出，终于明白发生了什么事情。他竭力要做的第一件事情，就是要赶紧跑过去，把自己的妻子从那里拉出来，可是，几只强有力的手摁住了他的两只胳膊。

"请你们放开我。"他用沙哑的声音喊叫道。

他们的脸就在他旁边，好似一堵墙上坚固不动的石头一样，在他们中间，阿里·比纳库白白的脸很显眼。

"请你们放开我。"他冲着阿里·比纳库喊，尽管他并不是其中一个摁着他胳膊的人。

"请安静，先生。"阿里·比纳库说，"您不能到那儿去，因为除了神父之外，任何人都不能进到那里去。"

"可是，我的妻子在那里。"贝西安喊叫道，"她孤单一人在他们中间……"

"您说得在理，是该采取点办法。但是，您单独一个人不能到那里去，他们有可能开枪向您射击，您明白我的意思吗？他们能杀死您。"

"那就叫神父来，或者应该叫一个别的机灵鬼进里边去。"

"已经通知神父了。"阿里·比纳库说。

"他正在往这儿走，瞧，他来了。"

在他们周围聚集了很多人，在他们中间贝西安看见了马车夫，他瞪大了眼睛盯着贝西安，等着下什么命令。但是，贝西安转眼顾别的事情去了。

"大家散开。"阿里·比纳库对着人群喊，有些人向前走了几步，但是随即又停下了。

神父上气不接下气地走到他们跟前。他脸上的肌肉已经松弛，头上蒙着很大的布披巾，耷拉在眼睛下边，显得特别惊慌。

"她进去有多长时间了？"神父问道。

阿里·比纳库疑惑地向四周扫了一眼，立刻听到了几个人回答的声音，有人说半个小时，另一个人说一个小时，还有人说一刻钟，多数人只是耸了耸肩膀。

"这不重要。"阿里·比纳库说道，"重要的是应当拿出个办法，采取点行动。"

他跟神父交头接耳一起商量，贝西安听到了阿里·比纳库讲的话："那样的话，我也跟您去。"贝西安听到这句话受到一些鼓舞。在人群中又听到这样的话："神父和阿里·比纳库一起去。"

神父第一个行动，走在前头，阿里·比纳库跟在他的后头。刚刚走出两三步，神父转回身对人们说：

"任何别的人都不要往跟前靠，他们可能要开枪的。"

贝西安感觉有人还在摁着他的胳膊，这是把我当成什么了，他的心里在哭泣。在他的眼睛里，整个世界都变成空荡荡的了，只剩下两个活动的形象，神父和阿里·比纳库，还有他们正在前往的庇护楼。

四周响起嘈杂的讲话声，犹如从另外一个世界传来的遥远的风儿的呼啸声。庇护楼里的人不能朝神父开枪，因为他受法典保护，但是，朝阿里·比纳库开枪是可能的。不，我也不相信会对阿里·比纳库开枪，因为所有的人都认识他，贝西安在想。

神父和阿里·比纳库走在半道上的时候，迪阿娜在庇护楼的门口出现了。在那一刻发生的事情，贝西安记忆得不清晰了，只记得自己竭尽全力要冲到她的前边。人们拉着他的胳膊，七嘴八舌地说："等等，等她离庇护楼再远一点儿，等她走到那些白石头那儿。"然后，他看见了医生；此人露了个面，又马上没了人影，不知消失到什么地方了。接下来，贝西安又竭尽全力要挣脱那些人对他的控制，大家又用同样的话语劝告他，努力要他安静下来。

迪阿娜终于走到了那些白石头前面，人们把贝西安放开了，虽然有个人说："男子汉们，别放开他，他要杀死老婆的。"迪阿娜的脸色宛如白布一样白，没有恐惧、痛苦、羞耻的表情，只有忐忑的失神，尤其是眼睛周围显得更加明显。贝西安用焦虑的目光在她的衣服上寻找是否有撕扯坏了的地方，在嘴唇和脖子上有没有发青的污点，但是，他觉得这些都没有。也许他要轻松地叹一口气，仿佛她的眼睛并不空荡无神。

他用一种既不是太猛烈,也不是过于叫她感到疼痛的动作,抓住了妻子的胳膊,自己走在前面,拽着她朝向马车奔去。他们先后上了车,一言不发,也没向任何人挥手致意。

马车快速地在公路上奔跑着。他们如此行驶了有多长时间,一分钟,一个世纪?贝西安·沃尔普西终于向妻子转过身去:

"你为什么不说话?"他对她说道,"你为什么不跟我解释事情是怎么发生的?"

她愣怔地在座位上坐着,目视着前方,似乎他就没在那里,于是,他便猛烈地、恶狠狠地抓住了她的胳膊肘。

"说,你在里边干什么了?"

她既不回答他的话,也没有把胳膊抽回来;那胳膊被他像用钳子一般钳在手里。

你为什么要到那里去?他无声地喊叫道。你是想看看这出戏有多可怕吗?为了对我报复?还是为了寻找那天的那个山民,那个焦尔古……焦尔古……叫我一个庇护楼接着一个庇护楼去找你……嗯?

他提出了所有这些问题,后来还或多或少加了一些别的话,但内容还是相同的,然而,她一个也没有回答。他明白了,所有那些理由都是真的。突然间,他感觉到一种过分的从来未有过的疲劳。

外面,天色渐渐暗下来,伴随着雾气,黄昏迅速地降落在道路上。车窗玻璃外边,在雾气中他看见了一个骑骡子的人。贝西安觉得这个行路人发黄的脸庞挺面熟。他跟在车后走了短暂的一会儿。

在这一黄昏时刻,"血的管家"往哪儿去?他在思考这个问题。

你到哪里去?过了片刻他对自己说。在这充满幽灵的黄昏,在人生地不熟的拉弗什高原,你孤单单一个人,往哪儿去?……

半小时之后,马车在客栈前面停下了。他们依次攀登木制楼梯,进到房间里。火还在烧着,桶里的水,客栈主人肯定又重新给添了一些,桶的外面被烟熏得漆黑。一盏油灯在周围闪耀着摇曳的光芒,火和水谁也没动。迪阿娜脱了外衣,在床上躺了下来,用一只胳膊挡住眼睛,避免灯光刺激。他站在窗户旁边,向窗户的玻璃外面望去,只是不时地转过身瞄上几眼她那漂亮的胳膊,上面有一条从肩上耷拉下来的做工非常精致的吊带。此刻,那胳膊仍然还挡着她的半张脸。庇护楼里那些半瞎的波吕斐摩斯①们对她都干了些什么?他对自己说道。他觉得这是真的能充斥人的整个一生的那种问题当中的一个大问题。

那天晚上和第二天整个一天,他们一直待在客栈里,根本就没离开房间。客栈主人到房间里给他们送食品,感到特别惊奇,他们竟然没有要求把壁炉里的火给点起来。

第三天早晨(即四月十七日),马车夫把箱子搬到了马车上,贝西安和迪阿娜夫妻俩付完了房费,冷冰冰地跟客栈主人告了别,出发上路了。

他们正在离开拉弗什高原。

---

① Polyphemus,希腊神话中的独眼巨人之一,因吞食奥德修斯的旅伴,被奥德修斯刺瞎。

第七章

四月十七日的早晨,焦尔古走在通往布雷兹弗托赫特的公路上。虽然天一亮他就出发了,在任何地方也没歇一歇,但是,他心里明白,到达布雷兹弗托赫特,至少还有一天的路,而他的诚信保证期,到这天中午就结束了。

他高高地抬起头来,想要在天空找到太阳。太阳正被高高的云彩覆盖着,但并没有给隐藏起来,还能辨认出它所在的位置。中午并不遥远,他一边想,一边把目光转移到路上。阳光使他的眼睛发花,道路显得好像是涂上了一层浅红色的折光。他一边走一边思量,如果他的诚信保证期到晚上结束,他至少可以在半夜时赶到家里。但是,像多数诚信保证期一样,焦尔古的这个诚信保证期也是在中午结束。众所周知,被诚信保证期保护的人,如果恰好在诚信保证期结束的那一天被打死,那就要看死者刚一倒在地上时脑袋的影子所在的方向,是朝东还是朝西。如果是朝向东方,就意味着他是下午被杀死的,也就是说死在诚信保证期结束之后。如果是朝向西方,那意味着是提前被杀死的,对谋杀者来说,那就是不讲信义。

焦尔古再一次抬起头来。在这一天，他的一切事情都是和天空以及在天空移动的太阳联系在一起的。如同前一次一样，他望着道路，由于眼睛发花，觉得自己又淹没在光线之中。然后，他抬头四望，到处都跃动着那种玫瑰花色的亮光，在这种光芒当中没有任何别的色彩。看得出来，沿着拉弗什所有的道路，他白白地一连寻找了三个星期的黑色马车，即使在他的自由生命的这个最后的早晨，也不会出现了。有多少次他觉得看见了它，有多少次它又消失没了踪影，仿佛飞到天上去了。有人在林荫大道、在沙勒庄园、在旗的主干道上见到过它。可是，他就没能找到它。他一到达，人们说见到过它在的地方，可是它转眼就到邻近的一个地方去了。他回过头来，刚一到达某个它经过的交叉路口拦截它时，它突然掉转方向往别处去了。

有时他把它忘记了，可是，道路本身又让他想起了它。而现在，他几乎就不抱任何希望了。这辆马车即使一生一世在拉弗什游逛，他也将被关进庇护楼里，也不可能见到它。就是将来不可能的事情发生了，他从庇护楼里走出来，有朝一日他的眼睛也将变得非常糟糕，成了半个盲人，即使看见它，也将如同看见一个浑浊不清的黑点，就像今天从云彩里露出来的太阳，不是别的什么，只是一束压扁了的玫瑰花。

焦尔古不再去想马车的事情，心思转到家庭方面了。家里人这一天焦急不安地等他归来，而他在中午之前却赶不回来了。中午时分，他应该中断旅行，躲藏到一个地方，等待夜晚的来临。现在，他是杀了人的人，正在被他人追杀，只能夜里在近处活动活动，永远也上不了主路。这样一种事情，法典非但不认为是胆小怯懦的标记，相反，却认为是老实和勇敢的表现，因为它不仅保护了谋杀者的性命，而且也阻止了他自由的行动，以避免激化同受害者家族的矛盾。谋杀者在履行了应尽的义务感到满意的同时，还应当对世界有一种罪恶感。无论如何，中午时他就应当找一个隐蔽的地方躲藏起来，直到天黑为止。最近几天，在那些他住下过夜的客栈里，他觉得有两三次一晃看见过克吕埃区奇家族的一个人。也可能是眼岔没看清楚；也可能真是那么回事儿：人家安排了一个人跟踪他，等他的诚信保证期一结束立刻就杀死他，在他还没注意需要保护自己的时候。

无论如何，我都应该保护好自己。他在想。他第三次仰望天空，正好在这时候，他觉得听到了远处的一种响声。他停下脚步，想要弄明白声音是从哪里传来的，然而，没法搞明白。他继续朝前走，又听到了响声。那是令人窒息的轰隆声，时而弱些，时而强些。那将是某个瀑布发出的声音，他在琢磨。没错，果然如此，真的是一个瀑布。当他走近它时，看到了它，使他感到很着迷。这是他有生以来从未见到过的最迷人的瀑布。这个瀑布跟别的瀑布不同，没有泡沫和水花，在一个黑绿色的石崖上哗哗流淌，像是一团又厚又重的长发。焦尔古见到这种景象，想起来自首都的那位漂亮女郎的头发。如果太阳落下去，瀑布和漂亮女郎的头发就混淆难辨了。

他继续站在木头造的小桥上，桥下面，从石崖上流下来的水，延续成一条水道，但是，那水流已是杂乱无序，失去了雄伟壮观的模样。焦尔古目不转睛地注视着瀑布。一个星期之前,在他过夜的一家客栈里,他听到有人说世界上有些国家利用山上的瀑布造出电光。一个年轻的山民告诉两个住宿的客人说是别人这么对他说的,而那个人同样也是从其他人那里听来的。那些听了这一说法的客人们则再三重复说:"用水造光?!你疯了,噢,你这个人?!怎么,水是石油,可以点灯照明?!水是灭火的,不能点火取亮!"然而,那个年轻的山民坚持说,这件事他就是这么听来的,自己丝毫没有添枝加叶,能造出光来的正是水,只不过并非任何一种水都能造光,因为有各种不同的水,就像有各种各样的人一样,能够造光的只有高贵的瀑布的水。"讲了这个话的人是发疯,更疯的人是你,因为你相信了这个话,"客人们说道。但是,这并不能阻止那个年轻的山民这样说,因为此事如果成为现实的话(总是根据那个另外的人的说法,而那个另外的人也是从其他人那里听说的),就是说,这事儿在拉弗什如果能办成的话,法典就会变得稍微温和一些,拉弗什也将略为减少些死亡,恰如被施过毒的土地在灌溉的时候能被冲洗掉一些盐分一样。"疯子,噢,你可真是个疯子。"客人们反复地说,而焦尔古自己因为相信那些生疏的陌生人,因此才那么固执己见。

他困难地恋恋不舍地把背转向瀑布,道路在无止境地延长着,几乎就是一条直线,在尽头的天边,呈现出紫红色,仿佛披上了一件淡紫色的珠衣。

他抬头仰望天空,再稍过一会儿,诚信保证期就结束,他就将走出法典的时间之外。时间之外,他对自己重复说。他多少有些奇怪：人走出自己的时间之外。还有一会儿，他一边抬头仰望天空，一边对自己重复说。在云彩后边，被压扁了的玫瑰花，此刻似乎很轻易地变黑了。焦尔古苦涩地微笑了一下，仿佛对自己说：你没有什么可做的了！

在同一个时间里，承载着贝西安和迪阿娜夫妇二人的马车，正行驶在各个旗的主干道上，这是一条穿越拉弗什的最长的公路。由于雪的覆盖而变得半白的山岭不断地向后退去。贝西安如此观看着，心里思忖：他们终于在离开这个死亡的王国了。他的右眼不时地捕捉妻子的侧影。她脸色苍白，表情呆板、僵硬，马车的颠簸非但没有把这种呆板、僵硬的表情掩盖起来，相反，反倒让它变得明显了。她不时地感到害怕，完全是个格格不入的陌生人，变成了别人的人，仿佛只是一具躯壳，其灵魂留在高原上了。

我干吗想把她带到这个该死的拉弗什？这句话他对自己已经说了一百次了。跟拉弗什在一起，只有一点点属于他的东西，这点东西他得到了。魔鬼的机制撞击了这点东西，这就够了，他带着妻子出来，要让她变成家里人，最好有机会再让她成为一个山间的仙女。

马车轮子嚓啦嚓啦的响声，是伴随他的怀疑、猜测、懊悔的合适的音乐。他考验了他的幸福，好像是想知道他是否配得上这种幸福。还是在它的第一个春天，他就把这一娇嫩的幸福送进了地狱之门，它没经得住考验。

有时他心平气和地思忖，真的是这样，任何一种带偏向的感情，任何第三者，无论如何都不能去碰一碰迪阿娜对他的感情。如果这事发生了（唉哟，"这事发生了"这话有多苦啊！），发生这事情不是第三者的原因，而是一点可怕的宽泛的原因。这事儿有点混浊不清，是多少世纪以来千百万人演出的一出戏，因此便显得无法修补，就像碰撞在黑色火车头上的蝴蝶。她与拉弗什的戏剧性事件相碰撞，她失败了。

有时他怀着一种他自己都感到惊恐的沉稳心情思量着，也许应该向拉弗什交这笔税。一笔为他的作品，为他在作品中所描写的那些仙女和山中的美女，为剧场舞台对面的小包厢交的税。剧场演出的演员是全体流血的人民。

但是，也可能在我去过的一切地方，直至地拉那，惩罚都将会找到我，他一边让自己平静下来，一边想。因为拉弗什将浪花全天候地扩散到很远的地方，扩散到全国，就像宇宙之波那样。

他撩起风衣袖子，看了看表，已经是中午时分了。

焦尔古抬头，找到阳光在云彩后面留下的痕迹。正是中午时间，他对自己说。诚信保证期已经结束了。

他轻松地迈出两步，离开了公路，开始走在路旁的一块休耕地上。现在，他应当找一个地方，等待夜幕的降临。路的两旁是萧索的乡野，但是，他不能再到公路上赶路，因为在他看来，继续在公路上行走，那是对法典的践踏。

休耕地很长，地面又很平。远处是一些被耕地和几棵树，周围看不出有什么洞穴，至少有一些灌木丛也好。只要找到第一个藏身之地，我就隐蔽起来，他在想。好像是在说服自己，他不是为了显示自己了不起，而把自己暴露在光天化日之下继续朝前走路，而是因为找不到隐藏的地方。

看样子，休耕地好像是一片广阔无垠的天地，他脑子里出现了一种莫名其妙的宁静感，更多的是一种什么也听不见的沉闷哑言的空白。现在，天空下只有他一个人，因为太阳西下减少了重量，所以天空显得有点偏斜了。周围白天还是那个白天，空气里还是闪耀着那种紫色的光。但是，诚信保证期已经结束了，现在，他已进入到另一个时间里。他用僵滞的发呆的目光朝四周望了一望，心里很明白，这是时间以外的时间，天外世界无边无际的时间，这时间再也不属于他了。不再有日子，不再有季节，不再有年代和未来。时间只是一个总的泛泛的概念，他同这种时间没有任何利害瓜葛。它完全是陌生的，它不再给他任何标记，任何知识，甚至连惩罚他的日期都不告诉他。惩罚就在前面的某个地方，他将在一个不晓得的日子，在一块平坦的不熟悉的地面上，遭到一只不熟悉的手的惩罚。

他思考着这件事情，眼睛辨认出远处的几座灰色的建筑，他觉得这些建筑他都挺熟悉。这是勒泽家的宅院。当他再走近一点的时候，对自己说。他想不起来从这些建筑到一条小河这片地方叫什么名字了。人们知道这条路是受诚信保护的。起码他所知道的是这样。受诚信保护的道路既没有牌子，也没有特别的标记，但是，大家都了解这一情况。他肯定要向他遇见的第一个过路者询问此事。

焦尔古在休耕地上加快了脚步，他的脑子已经从昏昏欲睡的状态中清醒过来了。他将要走到受诚信保护的路上，在那里再走上一点时间，直到夜晚来临，不需要钻到某个树丛里。就在此时此刻……有谁知道，那辆装饰着天鹅绒的马车可能会经过那里，就像人们告诉他的，它曾经在勒泽的宅院里出现过。

对的，对的，他要那样去做。焦尔古转回头向左看看，又向右看看，确信公路与休耕地情况一样，上面也没有人，于是，便迈开轻松的步子跳了几次，来到公路上，开始沿着这条路朝前走去。他这样做的目的，是要尽快地得到诚信的可靠的保护，不然的话，需要一个小时才能到达。

要当心，他对自己说。现在，他的头投向地上的影子朝向东方，可是，公路上依然是空无一人。他的脚步迈得很快，什么也不想。他看见在路的远处有几个黑色的影子，几乎一动不动地停在那里。当他再往前靠近一点的时候，看清楚是两个山民和一个骑着骡子的女人。

"这条路是受诚信保护的吗，好汉们？"焦尔古和他们相遇时问道。

"可不是么，我说孩子。"他们当中年纪最大的那个人回答说，"从勒泽宅院到美女河这条路，受诚信保护已经有一百年了。"

"谢谢您。"焦尔古说。

"不客气，孩子。"老人一边迅速地瞟了一眼他袖子上的黑丝带，一边说，"祝你一路平安。"

这时候，焦尔古加快了脚步赶路，他在算计，那些杀了人需要偿还血债的人,整天在拉弗什四处转悠,如果道路不受诚信保护的话,那么,他们到哪里逃脱追杀他们的人呢?那里是他们唯一的庇护之地。

受诚信可靠保护的路段跟别的路没有任何一点不同。那老早以前铺的如今已经显得很旧的石块路面,很多地方都被马掌和雨后的流水破坏得坑坑洼洼的了。路边还有一些土坑和灌木丛。但是,路上的尘埃镀上了一层金色,这让焦尔古觉得心里有了一点温暖的感觉。他深深地吸了一口气,放慢了脚步。在这里,我要等着夜幕的降临,他在思量。他要在某块石头上坐下休息一下,或者在附近逗留一会儿,直到天黑。不管怎么说,这总要比在休耕地上的某个树丛中弯着身子躲藏好得多。另外……马车有可能从这里经过。他心中仍然怀有一种温暖的再看到一次马车和她的希望。其实他的梦想比这走得还远:他看见马车,马车拦住他,他们在马车里面看见了他,对他说道:"唉,山民小伙子,如果累了的话,那就上车吧,和我们一起走一段路吧……"

焦尔古不时地抬头仰望天空,最多再过三小时天就黑了。一个又一个单独的山民,或者一小伙一小伙的山民们从路上经过。他们有的步行,有的骑马。在道路的远处可以看见两三个不动的小黑点。他们肯定是跟他一样的杀了人,需要偿还血债的人,他们正在等待夜晚来临,以便活动得远一些。他们家里的人都为他们担心,他对自己说。

路上,有位山民正在朝近处走来,他走得挺慢,跟在一头牛的后边,那是一头全黑的牛。

焦尔古比赶着牛的山民走得慢,他们现在赶上了他。

"白天好!"那个山民走到他身边时向他问好。

"白天好!"焦尔古回答说。

另一个山民用头势表示诧异,向天上望了一眼。

"不是时候啊。"他说。

他留着发黄的八字胡子,看来,这两撇儿胡子对他的微笑蛮有帮助。他的衣袖上的黑丝带露在别人的眼睛里了。

"你的诚信保证期结束了吗?"那个山民问道。

"是的。"焦尔古回答道,"是今天中午结束的。"

"我的保证期三天前就结束了,你瞧,这条黑牛我还没卖出去。"

焦尔古吃惊地望着他。

"我跟它一起到处跋涉已经两个星期了,可就是卖不出去。"那个山民继续往下说,"这是一条好犍牛,家里所有的人跟它分别时都哭了。可是,我就是找不到买主。"

焦尔古不知道该说什么好,他从来没干过卖牲畜的事情。

"我想在自己被关进庇护楼之前把它卖掉。"山民继续说,"我们家需要钱,我说小伙子,可是,如果我不去卖掉它,家里再没有别的人能干这个事儿。不过,虽然如此,现在我还是抱点希望。在我还是自由人的两个星期里,都没把它卖出去,那么,现在我只能在夜里活动,在这种情况下,我怎能卖掉它呢?嘿,你说对不?"

"是这样。"焦尔古说,"你还真是挺难的。"

他两眼一直盯着那头正在安静地吃草的黑公牛,此刻他想起了战死在沙场的一名战士唱的一首古老的颂诗中的话语,那些话语是在死前的那一刻留下的遗言:请向妈妈问好,献给她我的爱,让她把黑公牛出卖。

"你是哪儿人?"山民向焦尔古问道。

"布雷兹弗托赫特人。"

"那里离这儿不太远,如果你走得顺当,今天晚上就能到家。"

"那你是哪儿人?"焦尔古问道。

"噢,我离这儿远着呢,我是克拉斯尼切旗人。"

焦尔古吹了一声口哨。

"你家可真够远的,在回到家里之前,你肯定能把牛卖掉。"

"我不相信。"那个山民说,"现在,我唯独能卖牛的地方就是诚信所能保护的那些路段,可是那种路段很少。"

焦尔古用头势表示肯定。

"是这样,假如这条受诚信保护的路一直延长到各个旗的主干道的十字路口,情况当然会是那样,我肯定会把牛卖掉,可是,这条道在到达那里之前就结束了。"

"各个旗的主干道就在这附近吗?"

"不远,就是我称为一条路的地方,行路人在这条路上什么都看得见。"

"那是真的,一路之上人可以见到不少奇怪的事情。"焦尔古说,"有一次我有幸看见了一辆马车……"

"是里面有一个漂亮女人的黑色马车吗?"那个山民打断了焦

尔古的话。

"你怎么知道的？"焦尔古喊了起来。

"昨天晚上我在十字客栈看见了这辆马车和漂亮的女人。"

"他们在那里做什么？"

"做什么？什么也没做。马车停在客栈前面，马车夫在客栈里喝咖啡。"

"那么她呢？"

那个山民抿嘴淡淡地一笑。

"他们在房间里整整待了两天两夜，客栈主人是这么说的。唉，我说兄弟，那个女人漂亮得像个仙女似的。她的眼睛能看穿你的身体。我昨天晚上就离开了那家客栈和他们。今天，他们也应该是离开那里上路了。"

"你是从哪里知道的？"

"客栈主人这么说的。第二天就出发，这是他们的马车夫对我说的。"

顷刻间，焦尔古像是变成了一个傻子，目瞪口呆地站在那里，两眼直愣愣地盯着石块铺的路面。

"这路通向哪里？"焦尔古突然问道。

山民伸出一只胳膊，朝前指了一下。

"从这里往那儿去有一个小时的路要走，我们正在走的这条路跟各个旗的主干道交叉，他们肯定得从这条路经过，如果他们还没经过的话。没有别的路可走。"

焦尔古的眼睛向着山民指的方向望去，这位山民开始用好奇的眼神盯着他。

"我说你,可怜的小伙子,你跟他们有什么干系?"山民问道。

焦尔古没有回答,从这儿要走一个小时的路,他对自己重复说。他抬起头去寻找太阳在云彩中的踪迹。白天至少他还有两个小时。她的脚印从来没有离他这么近过,他能够看到仙女了。

他没有考虑很长时间,也没有跟这位旅伴问好告别,根据牵着黑牛的人的指点,如同疯子一般出发了,朝着十字路口的方向奔去。

贝西安和迪阿娜的马车,继续迅速地把拉弗什甩在后头。远处现出小镇房屋的屋顶,两座尖塔的塔尖,以及镇上唯一的一座教堂的钟楼,这时候,白天结束了。

贝西安·沃尔普西把头靠近车窗的玻璃,他看到:建筑物中间的小巷显得很可笑,充斥着这座小城的居民,携带宣判和平文件的区里的雇员、商店、昏昏欲睡的一些办公室和四五部老式电话,这是城里唯一的电话设施,市民们靠它们讲着令人烦恼生厌的话语,大多数谈话还伴有呵欠。他想象着所有这一切,突然,山下等待着他的那个世界同他刚刚离开的那个世界比较起来,他觉得是可怕的苍白和毫无色彩的。

但是,他悲观地想,他仍然属于那个苍白的世界,作为这样的人,是不应该攀登拉弗什高原的,拉弗什不是为普通的死者,相反它是为伟大的生者而造的。

小城上空升起的炊烟,越来越浓烈起来,迪阿娜把头靠在椅背上,像原来上车时那样一动不动地坐在那里。贝西安·沃尔普西觉得正在把自己妻子的躯壳送回家里,而把她本人的心魂扔在山野间的某个地方了。

现在,他们行驶在光秃秃的荒地上,一个月前,他们就是从这里出发开始高原之旅的。他再一次回过头来,也许是为了最后一次看看拉弗什吧。群山似乎向后退得更加缓慢,越来越多地在孤独寂寞中远去了。一阵神奇的白雾落在群山上,仿佛是一出话剧演出结束时的谢幕。

就是这个时候,焦尔古正走在各个旗的主干道上,一个小时之前,他就来到这条路上了。在空气里觉察到了黄昏的最初的颤抖,这时他听到了从一边传来的尖锐的喊声:

"焦尔古,向你问好,泽弗·克吕埃……"

他的一只胳膊突然动了一下,他想把枪从肩膀上卸下来,可是,举胳膊的动作同"克吕埃区奇"这个词的后两个音节"区奇"搅和在一起了。这两个音节是"克吕埃区奇"这个可恨的姓的一半。这半个姓混浊不清地进入了他的意识中。焦尔古看见地面在旋转,然后,地面强有力地垂直地站起来,撞在了他的脸上,他倒下了。

一刹那,世界变得哑言无声了。后来,在其哑然之中,他听见了少许的脚步声。他感觉到两只手搬动他的身体干了点什么。有人把我的身体翻动了一下,他想。就在那一瞬间,有一点冰凉的东西，也许是枪筒碰到了他的右脸颊。上帝啊，这真是完全按规则行事啊。他竭力睁开眼睛。可他不明白是否是睁开了。他看见的不是杀他的杀手，而是几块白色的尚未化掉的残雪的痕迹。在白色的残雪当中，还有那头没有被卖掉的黑公牛。那头牛是没法卖掉的。这就是一切，他想，甚至说，这件事情拖得时间太长了。

  他还能听到远去的脚步声，有两三次他向自己发问：那是谁的脚步声？他觉得这脚步声挺耳熟。啊，这脚步声太熟悉了，像对那双把他的身体翻过来的手一样熟悉……那纯粹是我的脚步嘛，他对自己说。在三月十七日，布雷兹弗托赫特村旁的那条路……有一会儿，他失去了意识。然后，他再次听到了脚步的回声，再次觉得那些脚步声完全是他自己的，是他自己在跑，而不是任何别的人，留在后边倒在路中间的，是他的刚刚被击倒的身体。

一九七八年十二月

ISMAIL KADARE
Prilli i thyer

Copyright © 1982，Librairie Arthème Fayard
All rights reserved

图字：09-2013-540号

图书在版编目(CIP)数据

破碎的四月 /（阿尔巴）伊斯玛依尔·卡达莱著；
郑恩波译. — 上海：上海译文出版社，2024.3（2024.10重印）
ISBN 978-7-5327-9458-4

Ⅰ.①破… Ⅱ.①伊…②郑… Ⅲ.①长篇小说-阿
尔巴尼亚-现代 Ⅳ.①I541.45

中国国家版本馆 CIP 数据核字(2024)第 039619 号

破碎的四月	Ismail Kadare	出版统筹	赵武平
	伊斯玛依尔·卡达莱 著	责任编辑	缪伶超
		装帧设计	汐和 at compus studio
Prilli i thyer	郑恩波 译	封面摄影	崔晓晋

上海译文出版社有限公司出版、发行
网址：www.yiwen.com.cn
201101 上海市闵行区号景路 159 弄 B 座
上海景条印刷有限公司印刷

开本 890×1240 1/32 印张 7.5 插页 2 字数 120,000
2024 年 3 月第 1 版 2024 年 10 月第 3 次印刷

ISBN 978-7-5327-9458-4/I·5914
定价：56.00 元

本书版权为本社独家所有，未经本社同意不得转载、摘编或复制
本书如有质量问题，请与承印厂质量科联系，T：021-59815621